Rosemarie Schulak

Eberhards Mantel

Facetten eines Romans

Mauer Verlag
Wilfried Kriese
72108 Rottenburg a/N
Buchgestaltung Wilfried Kriese
Titelbild: Rosemarie Schulak
2004
ISBN 3-937008-80-2

www.mauerverlag.de
www.plattformverlag.de

Inhaltsverzeichnis

Wo ist Eberhard

Sie betrat die Hotelterrasse zu einer Zeit, da alles noch still war. Der Kellner rückte die Gedecke für das Frühstück zurecht und verteilte das Silberbesteck. Julia legte die Mappe mit den Skripten neben sich nieder, warf einen Blick über die Rampe und auf die Wassertropfen, die sich nachtsüber in den Begonienblüten gesammelt hatten. Die Ereignisse am Vortag hatten ihr einen unruhigen Schlaf beschert. Gedanken, Träume, in so vielen Jahren bewahrt und sorgsam gehütet, erschienen auf einmal merkwürdig lose in ihrem Gedächtnis, sie änderten ihre Richtung, um sich zu verlieren im Ungewissen.

Ein Zuckerwürfel fiel in die Tasse. Beim Durchschlagen des schwarzen Spiegels entstand ein glucksender Laut. Julia starrte auf den milchigen Schaum. Ein Schmerz durchzuckte ihr Innerstes, sie versuchte nicht, ihn zu deuten.

Amseln wetteiferten unten im Park, auf einem Nebentisch plusterten Spatzen sich auf, schrieen wild durcheinander.

Gestern, gleich nach der Ankunft im Kongreßhaus: Der Unbekannte hatte keineswegs argwohnerregend ausgesehen in dem hohen Raum, trotz diffuser Beleuchtung. Aber allzu jäh war er auf sie, die Unvorbereitete, zugestürzt, quer durch die Reihen leerer, noch morgenkühler Sitze, gewandt und zielsicher, so als sei jeder Irrtum von vornherein ausgeschlossen. Die irisierende Spiegelung windbewegter Fenster, farbigen Glases, einem Kaleidoskop nicht unähnlich, war über der Szene gelegen, darüber die Morgensonne wie flüssiges Gold.

Selbst jetzt noch, in der Erinnerung, schien dies alles präsent: ein glattes Gesicht, bewegtes Gewirr braunen Haars, ein mit Regenbogenglanz übersprenkelter Stoff, der in flimmerndem Farbspiel Schultern und Arme jenes Menschen umspannte, ja seine ganze Gestalt bis zu den Sandalen. Lichträdern gleich kreisten zwei Augensterne vor Julias Blick.

Ohne zu überlegen war sie der Erscheinung einige Schritte gefolgt, war in den Lichtreigen eingetaucht, von ihm ganz durchflossen. Und sie hatte das zugelassen, einer Sinnestäuschung sich hingegeben, nur um sie dem irritierten Bewußtsein über den Augenblick hinaus zu erhalten.

Wo ist Eberhard? hatte die Stimme, völlig übergangslos, gefragt. Dieser Klang, die besondere Betonung, hingen ihr jetzt noch im Ohr. Nicht als Traum. Als Realität und Ärgernis. Daß nämlich einer sie derart überrumpeln durfte, anrufen, aufrufen, befragen zu etwas, das nur sie allein etwas anging und deshalb keinerlei Antwort zuließ! Weil nämlich Eberhards Name nur in ihrem, in Julias eigenem Gedächtnis haften durfte, nirgendwo sonst; im übrigen das Thema Eberhard aber doch endgültig ausgestanden und abgeschlossen schien.

Nein, keine Antwort! War sie doch selber von Eberhards Rückkehr noch allzusehr verstört und betroffen. Und außer ihr wußten nur wenige vertraute Freunde von Eberhards Dasein in ihrem Leben.

Jetzt starrte sie in den Spiegel, der ihr aus der Tasse entgegenblinkte, ein kühl gewordener Glanz, ohne jedes Geheimnis.

Diese Fassungslosigkeit, die sie befallen hatte angesichts jener indiskreten und doch höchst selbstbewußt gestellten Frage! Fassungslosigkeit duldete Julia nicht an sich selber. Ihr ganzes Wesen war abgestimmt auf die Lebensweise, der sie auf Grund von Vernunft und Willen oblag, gewohnt, Überraschungen solcher und ähnlicher Art mit Gleichmut, wenn schon nicht mit Humor und Heiterkeit zu ertragen. Konnte es sein, daß ihr Nervensystem einem Zuruf wie diesem nicht mehr gewachsen war? Erschrocken sah sie an sich herab. Mag sein, versuchte sie sich zu beruhigen. Unerklärliches trägt ja jeder in sich.

Ob das nun eine angemessene Reaktion auf den an sich unbedeutenden Vorfall war oder nicht, im nachhinein haftete der seltsam magisch anmutende Auftritt im Kongreßhaus auf das Unangenehmste in ihrem Gedächtnis. Da half nicht, daß sie es sich verbot, die ganze Szene für sich noch einmal zu rekonstuieren, ein immer noch deutlich gegenwärtiges Bild samt möglicherweise verfälschender Beleuchtung. Und Julia kritisierte - zum wievielten Mal? - den lässigen Unterton jener Frage, die zwar nicht unfreundlich gewesen war, mit Sicherheit aber recht ungezogen. Der Mann hatte sich ihr ja nicht vorgestellt.

Darüber allerdings hätte sie im fraglichen Moment kaum nachdenken können. Die flinke Gelenkigkeit, mit der er gleich darauf durch den Hinterausgang des Saales verschwunden war, hatte ihrer Verblüffung nicht genug Zeit gelassen. Woher, ärgerte sich Julia, kennt er mich? Was weiß er von Eberhard?

Wögerers Morgengruß dröhnte von der Terrassentür her. Sie antwortete höflich, wenn auch zerstreut, erhob sich und schritt, die Rechte der Sonne wegen über die Augen gelegt, die Skripten unter dem Arm, hinunter zum See.

Die Wasserfläche spannte sich glatt von Ufer zu Ufer, so als sei unter dem bleiernen Grau Bewegung nicht möglich. Überlaut knirschte der Kies, dann fanden die Füße den schmalen Streifen glatter, festgetretener Erde, die das Geräusch der Absätze schluckte. Die Promenade war feucht vom Tau und beinahe menschenleer.

Es gab also jemanden, der von Eberhards Rückkehr wußte, der Eberhard kannte, vielleicht sogar Antwort hätte geben können auf Julias eigene Frage. Oder war vielleicht alles bloß Trugbild gewesen, die fragende Stimme nichts weiter als Projektion einer eigenen, uneingestandenen in ihr selber, fatales Zerrbild verzweifelter, lang zurückgehaltener Phantasie?

Die Trennung von Eberhard war damals rasch, beinah ohne Schmerz vor sich gegangen. Briefe waren gekommen, mehr als aus ihnen erfuhr sie gelegentlich aus der Zeitung. Julia hatte das alles weggeschoben, dachte, es gehe sie nichts mehr an. Doch nun war Eberhard wiedergekommen, nach so langer Zeit.

Sie hielt sich gerade. Achtete auf die Gleichmäßigkeit ihres Gangs. Vielleicht würde diese Eigenschaft irgendwann einmal wichtig werden, in diesem Augenblick schien sie es zu sein. Wie unsicher das Leben doch werden konnte mit der Zeit, wie unverständlich die Welt, wenn nichts in ihr überdauerte außer ein abgetaner Gedanke...

Sie sah auf die Uhr, wandte sich vom Uferweg ab und ging stadteinwärts. Vor dem Kongreßhaus standen die Menschen in Gruppen, von weitem erkannte sie Lisa im weißen Kleid.

Ihr Vortrag gelang nicht wie sonst. Sie sprach lustlos, fand den richtigen Ton nicht und las das meiste vom Blatt. Wenn ab und zu über die Brille hinweg ihr Blick die Reihen der Zuhörer streifte, ein beweglicher Schleier dazwischen, der jede genauere Sicht nahm, meinte sie, da und dort etwas aufblitzen zu sehen, gesprenkelt: gelb, blau und goldgrün. Aber es war nur das Licht, das die steigende Sonne durch die farbigen Scheiben warf.

Julia brach die Diskussion vorzeitig ab, verabschiedete sich mit einer Ausrede und machte sich auf den Weg zum See. Sie dachte an Eberhard.

Am letzten Sonntag war er plötzlich vor ihr gestanden, nach so vielen Jahren der Abwesenheit, zwischen der arglos geöffneten Tür, schräg in den Rahmen gelehnt. Ein wenig müde vielleicht, ein wenig gealtert, jedoch herzlich wie früher und anscheinend tatsächlich erfreut, sie zu sehen. Wie die Jahre verändern!

Unterhalb des Uferwegs fand Julia eine Bank im Schatten.

Bei der Bootsvermietung tummelten sich ein paar Burschen. Unbeschwert fröhlich und braungebrannt, plauderten sie vorübergehende Touristen an. Julia sah zu, wie sie die Boote freimachten und einer Gruppe bunt gekleideter Mädchen beim Einsteigen halfen. Hochauf schwappte das Wasser, Lachen drang aus ihren Kehlen, schrill, wie Vogelgeschrei.

Und dann Eberhards Frage. Seine Frage war es

gewesen, nicht ihre! Fragen zu beantworten ohne selber Fragen stellen zu dürfen, ist schwierig, das lange Schweigen hatte ihre Kehle trocken und rauh gemacht. Jetzt jedenfalls war sie froh, hier zu sein, allein, nur sich selber verpflichtet.

Das Laub der Silberweide warf zittrige Schatten über den Weg. Dazwischen tanzte in schwingenden Kreisen das Licht und stürzte jäh wie ein Wasserfall durch die Zweige.

Vom Schilf her kam ein Raunen, das nach und nach in ein Plätschern überging, ein Rascheln, das Geräusch leichter Tritte. Julia hielt die Augen geschlossen, weil die Sonne jetzt ungehindert die Weidenkrone durchbrach, und sie vermeinte, die Frage des Fremden von gestern wieder zu hören.

Wo ist Eberhard?

Wie oft hatte sie sich selbst diese Frage gestellt in all diesen Jahren! Jetzt stellte Eberhard die seinen, und Julias Antwort darauf würde schwierig werden, wenn nicht unmöglich. War ihr deshalb die Frage des Unbekannten derart peinlich gewesen, ja auf groteske Weise beinahe absurd?

Braungoldenes, kurz geschnittenes Lockenhaar schaukelte mutwillig zwischen wippenden Zweigen. Julia riß die Augen auf. Über Sonnengesprenkeltes liefen Lichtreflexe, strömten, plötzlich gebündelt, über ein lustiges, sonnengefärbtes Gesicht, weiße Kringel darauf hinterlassend. Mittendrin kreisende Räder, das Goldbraun spöttisch lachender Augen.

Sie blieb ruhig, atmete nicht. Die hochgewachsene Gestalt kam ganz nahe an sie heran und ließ den Blick erwartungsvoll auf ihr ruhen. So konnte sie die Wohlgeformtheit zweier Brauenbögen erkennen, die zarte Haut jungenhaft aufgeworfener Lippen. Goldstaub flimmerte auf Wimpern und Wangen.

Wo ist Eberhard?

Diesmal artikulierte der Mann seine Frage mit geduldigem Nachdruck, und so wie am Vortag kam aus Julias Mund keine Antwort. Warum auch. Sie war niemandem verpflichtet, Rede und Antwort zu stehen.

Irrte sie sich? Hüpfte da nicht ein Kichern auf, als sie schwieg? Hinterhältig, böse, verschlagen? Dieser volle Mund hier verzog sich, schmollend wie bei einem Kind, das nicht aufgibt, obwohl es so tut, als sei ihm das alles nicht wichtig. Und die bewegliche Gestalt drehte sich zögernd, beinahe spielerisch, um die eigene Achse...

So rasch, wie er gekommen war, verschwand der Mensch in dem Schilf, das beim zweiten Mal Hinsehen schon wieder gerade stand. Nur ein paar Grasbüschel schwankten, und die Enten im Wasser schnatterten auf. Nach kurzem Geplätscher war alles so, wie es gewesen.

Ein Laut war in Julias Kehle steckengeblieben. Sie wollte aufspringen, setzte sich wieder. Erschrak über die Kraftlosigkeit ihrer Knie. War das Sekundenschlaf? Eine jener kurzen Bewußtlosigkeiten, von denen sie hoffte, nie wieder heimgesucht zu werden?

Die Bank, auf der sie saß, lag jetzt im Schatten. Wie sehnte sie sich danach, statt der Stimme jenes Unbekannten, seine, Eberhards Stimme, zu hören! Eberhards friedliche, klare Stimme! Aufzuwachen aus diesem Alptraum, wach zu sein mit Eberhard, neben ihm.

Zu erzählen! Eberhard in seiner nüchternen, trockenen Art hätte ein Ereignis wie dieses sicher mit treffenden, wie gewohnt heiteren Worten, zu kommentieren gewußt.

Nein, so viel Schwäche durfte Julia nicht einmal vor sich selber eingestehen. Langsam ging sie hinüber zum Hotel und tupfte, am Uferrand stehen bleibend, mit einem Taschentuch Schweißperlen von ihrer Stirn.

Beim Mittagessen war sie dann leidlich gefaßt. Lisa, sagte sie. Lisa, ich verstehe das nicht.

Und weil Ärger und Überreizung noch lange nicht überwunden waren, hielt sie sich ungewohnt lang mit der Speisekarte auf, ließ den Redefluß der Freundin ohne Widerspruch zu. Ein Spaziergang, eine Bootsfahrt, würden ihr guttun.

Ja, Lisa, ja.

Lisa würde dem Quälgeist, so es denn einen solchen tatsächlich gab, und wenn derlei Auftritte sich wiederholten, schon auf die Spur kommen! Wollte zu diesem Zweck, der Kollegin zuliebe, heute sogar auf Wögerers Vortrag verzichten...

Mein Gott, was für schwache Nerven Du hast! sagte sie. Vermutete dies und das, bemühte ihren detektivischen Spürsinn, und Julia hörte zu, zerstreut und gleichzeitig erleichtert, selber nicht reden, nichts erklären zu müssen.

Wie einer der Touristen habe der junge Mann ja nicht ausgesehen, meinte Lisa, die am Vortag den Auftritt im Kongreßhaus beobachtet hatte, wenn auch nur aus der Entfernung. Von jenem Farbenspiel in dem Saal wußte sie freilich nichts, war auch viel zu weit weg, und von Sinnesreizen solcher Art ahnte sie wenig.

Mit einheimischen Burschen sei er nicht zu vergleichen, plapperte Lisa ungerührt weiter. Und schlüpfte nach dem Dessert still und unbemerkt von der Terrasse, während Julia, vom Schatten einer Platane geschützt, auf den See hinausstarrte. Julia wollte von dem leidigem Vorfall gar nichts mehr wissen. Sah lieber den Segelbooten nach, die weit draußen vorüberzogen und hinter der Insel verschwanden.

Irgendwann war Lisa aber wieder an ihrer Seite. Dem Portier im Kongreßhaus sei ein Verrückter, gestern früh aufgetaucht, durchaus in Erinnerung...

Julia versuchte, Gleichgültigkeit vorzutäuschen. Langeweile.

Genaueres habe der Portier sich aber nicht merken können, meinte Lisa. Deshalb sei sie schließlich auch in das Sekretariat gegangen. Sie faltete eine Broschüre auseinander, eine Menge Vorträge waren darin verzeichnet. Veranstaltungen, Namen. Es gab also noch einen anderen Kongress in der Stadt.

Natürlich, sagte Julia gequält. Die Plakate an den Wänden. Ornithologen.

Sie war erschöpft, aber trotzdem hellwach. Eine Menge Gründe fielen ihr ein, warum sie von alledem jetzt nicht mehr behelligt werden wollte. Und es quälte ein Kopfschmerz. Man müsse den leidigen Vorfall nicht weiter erörtern, meinte sie, ließ Lisa allein mit ihrem Wissen und ging, seltsam leichtfüßig jetzt, zurück zum Hotel.

Am Uferweg fuhr ihr der Wind durch das Haar. Der See zeigte sich aufgewühlt, kleine Schaumkronen tanzten über die Wellen. Ein dichtes Gewirr von Seglern durchkreuzte die Wasserfläche. Aus dem schwankenden Schilf flatterten Enten auf.

Als Julia im siebenten Stockwerk den beengenden Fahrstuhl verließ, empfing sie ein Lichtstrahl, so daß sie völlig geblendet vor ihrer Zimmertür stand. Etwas berührte ihre Schulter, und beim Umdrehen meinte sie, eine Gestalt zu erkennen, die sich zwischen sie und die dem Fenster gegenüberliegende Wand als ein Schatten hindurchschob. Sie sah kein Gesicht, nur den Umriß, und der lang zurückgehaltene Schrei brach aus ihr heraus, heiser und unartikuliert. Ein Zimmermädchen kam gerannt und fragte, ob ihr nicht wohl sei.

Und abends auf der Terrasse: Die Kollegen waren bereits versammelt, das Tischgespräch im Gang, als Julia durch die Aufzugstür in die Halle trat, wo in einem Fauteuil, hinter kunstvoll geordneten Blumenbuketten, ein junger Mann reglos vor einer Zeitung saß. Sein goldbraunes Profil hob sich vor dem dunklen Leder ab wie die hellere Schicht einer Gemme. Julia wich zurück und betrat die Terrasse durch eine Seitentür neben dem Lift.

Wie blaß du aussiehst! Lisa ergriff ihre Hand.

Die Männer tranken einander zu, Bruno flirtete mit Betty, während Lydia nachdenklich an ihrer Serviette zupfte. Wögerer erhob sein Glas und beugte sich herüber.

Julia versuchte ein Lächeln. Ornithologe..., flüsterte ihr Lisa ins Ohr.

Auf dem Teller erhob sich ein Berg von grünem Salat, zart und fast durchsichtig. Ein Öltropfen glänzte auf einer Blattrippe.

Lisa kramte noch immer Neuigkeiten aus ihrer Tasche. Hier, sein Vortrag: Abweichungen im Abwehrverhalten der *Emberiza citrinella.* Was sagst Du? Ein Schweizer aus dem Tessin.

Was ist, fragte Julia kühl, *Emberiza?*

Das Durcheinander am Tischende wurde lauter. Paul erzählte einen seiner scharfsinnigen Witze und fand Beifall bei jenen, welche die Pointe noch nicht kannten, oder denen der Wortlaut nicht ganz geläufig war.

Auf versilberter Platte lag das Fleisch eines Hähnchens, braungebacken und knusprig. Seine Teile waren so angeordnet, daß jeweils zwischen Flügel und Schenkel eine Scheibe Zitrone auf einem Petersilienblatt lag.

Auch das habe ich erfragen können, sagte Lisa. *Emberiza...*, die Ammer. Also: Abweichungen im Abwehrverhalten der Goldammer.

Julia betrachtete den Schliff unter dem Rand ihres Glases. Sie konnte nicht aufhören, an Eberhard zu denken. Wie hatte er damals nur ausgesehen? Zehn Jahre lagen dazwischen, sie wußte es nicht mehr, aber das war in diesem Moment auch nicht wichtig. Tatsache blieb, daß er sich seit Beendigung jenes Unternehmens im nördlichen Eismeer nicht mehr gemeldet hatte, obwohl die Zeitungen den glücklichen Abschluß der Arbeiten glaubhaft bestätigt hatten. Wo war er danach gewesen?

Beinahe hätte sie gelacht. Diese Frage war ja nun aus ihr herausgenommen, durch die Einmischung eines Unbekannten so gut wie weggewischt, gar nicht mehr vorhanden. War auf rätselhafte Weise samt möglicher Antwort aus Julias Innerem verschwunden. Konnte sie Eberhard also nun sagen, daß...

Und war das die Wahrheit?

Fremd, allzu fremd war er plötzlich vor ihr gestanden. Verändert. Eberhard, ein alternder Mann. Und sie, die in all diesen Jahren an ihn gedacht hatte, viel zu oft, wie ihr schien, mußte zugeben...

Wieso ausgerechnet Goldammern! stieß sie ungeduldig hervor, jetzt schon um eine Spur zu laut. Manchmal fiel es ihr schwer, Entfernungen abzuschätzen zwischen sich und den anderen.

Lisa nahm einen kräftigen Bissen.

Du meine Güte, das weiß ich doch nicht! Singvögel eben! Arterhaltung, tierschützerische Absichten, wer weiß. In manchen Gegenden hat man früher Ammern gefangen, ihres Fleisches wegen. In Käfigen gemästet! Übrigens, sie sollen äußerst wohlschmeckend sein.

Unter dem braungoldenen Hühnerflügel auf Julias Teller zeigten sich Einbuchtungen von zarter, gelblicher Färbung. Julia hatte keinen Appetit und konnte die Augen doch nicht abwenden davon.

Wie, sagtest du, war sein Name?

Livio.

Lisa sprach weiter, aber Julia hörte schon nicht mehr zu.

Livio. Liv. Das erinnerte an die Farbe der reifen Ölfrucht, an Sonne und Meer, des hin- und hergedrehten Wortsinns zufolge aber ganz allgemein an Lebendiges. Leben.

Natürlich ist man heute schon anderer Meinung, plauderte Lisa unbekümmert weiter, kommen Singvögel doch kaum jemals mehr auf den Markt. Trotzdem sind sie eine Delikatesse in gewissen Gegenden, immer noch.

Was für eine Idee, Singvögel zu mästen! Und geradezu verrückt, ausgerechnet bei Tisch darüber zu reden, dachte Julia, als sie oben in ihrem Zimmer vergeblich das Telefon befragte, in Abständen immer wieder auf dem Balkon hin- und herwanderte, um dann im allmählich sich verdunkelnden Raum durch die Scheiben nach draußen, westwärts zu spähen, ob nicht vielleicht zwischen schwärzlichen Föhrenwipfeln ein Zeichen erschiene am Himmel, ein Fingerzeig. An der Stelle des Horizonts, wo die Sonne gesunken war, leuchtete ein heller Fleck.

Als unter der Dusche das lauwarme Wasser ihren Rücken entlanglief, dachte sie: Es ist Mord! Singvögel zu mästen ist Mord! Trotzdem stellte sie sich vor, wie die zarte Haut eines Vögelchens über dem Feuer heiß wurde und anlief, goldbraune Blasen aufwarf und brutzelnd platzte. Es war ein Kitzel auf ihrer Zunge, ein nicht zu leugnendes Verlangen.

In Julias Kopf drehte sich alles. So ist es, dachte sie, so muß es vermutlich auch sein. Ein wenig schwindelig, hob sie die Fingerspitzen, um das Versprühen der Wassertropfen auf den rosigen Kuppen zu sehen, dabei leises Geräusch in den Ohren wie Vogelgewisper.

Die glatte Seide des Nachtkleids beruhigte nicht wie sonst, die Ereignisse der letzten Tage zogen sich über dem Herzen zusammen wie ein knotiges Netz. Eberhards Gesicht tauchte auf aus dem Dunkel, die vielen Linien seiner Stirn, die erschreckende Magerkeit seiner Wangen. Er hatte nicht viel gesprochen am ersten Tag, den Grund seiner langen Abwesenheit nicht erklärt. Nur wenige Sätze: Ich bin da. Ich bin gekommen.

Julia sah zu, wie das Mondlicht weiße Streifen über

die Wände des Zimmers warf. Der Schatten einer Wolke zog vorüber. Aber es war nicht Eberhard, an dem die Gedanken haften blieben, und voll geheimnisvollen Lichts war ihr Traum.

Lärm schreckte sie auf. Etwas hatte sich flatternd im Vorhang vor dem geöffneten Fenster verfangen, riß sich mit Wehgeschrei los und raste flügelschlagend durchs Zimmer. Julia hätte um Hilfe gerufen, wäre nicht alles so schnell gegangen.

Ins Dunkel getaucht, hockte ein kleiner Vogel, geduckt, auf der Kante des Schranks. Den Kopf vorgestreckt, breitete er seine Schwingen zum Sturzflug, schrie, stieß herab mit geöffnetem Schnabel. Traf die Stelle oberhalb ihres Herzens, dort, wo das Brustbein zwischen dem weichen, verletzbaren Fleisch ihm Widerstand bot, hackte wild darauf ein. Julia bäumte sich auf, schlug nach dem Tier, riß in verzweifeltem Sprung den Vorhang herab und gab so, vor Schreck beinahe von Sinnen, dem rasenden Vogel den Weg frei.

Sie lag wie betäubt. Blut sickerte aus der Wunde, schwärzlich auf der mondbeschienenen Haut. Vorsichtig tastete sie nach dem Hals um zu fühlen, ob nicht eine der Adern durch die Schnabelhiebe verletzt worden war. Der zerfetzte Vorhang lag quer über dem Bett. Das Klingeln des Telefons erschreckte jetzt nicht mehr.

Eberhards Stimme kam ruhig. Er sprach ohne Hast. Er habe gewußt, daß sie noch wach sei, und nach den Anstrengungen des Tags vielleicht eher zuzuhören bereit...

Julia preßte den Hörer zwischen Kissen und Ohr und schloß die Augen.

Von seiner Arbeit am Nordmeer erzählte er, was alles ihm widerfahren, von Mißgeschicken, Krankheit und langem Kampf mit dem Tod. Von Verzweiflung und Hoffnung. Von den Jahren in einer kaum besiedelten Steppe, wo sein Freund und Begleiter, Schweizer aus dem Tessin, mit ihm ausgeharrt habe. Ihm verdanke er auch sein Leben.

Übrigens..., sagte Eberhard, und seine Stimme wurde plötzlich lebhaft, müßte sein närrischer kleiner Bruder jetzt ebenfalls, so wie sie, Julia, in der Kongreßstadt sein. Ornithologe! Seltsamer Kauz! Diesem habe er kürzlich versprochen, einen seiner atemberaubenden - Eberhard lachte sein altes, unvergeßliches Lachen - Vorträge anzuhören. Aber es sei ihm etwas dazwischen gekommen.

Eberhard! sagte Julia und sog die frische, kühlende Nachtluft ein. Eberhard!

Jetzt erst durfte sie ihn lieben, ohne sich ihrer Ungeduld in all diesen Jahren zu schämen, denn etwas - sie wußte noch nicht, was sich von jetzt ab in ihr entwickeln würde - war zwischen sie beide getreten. Etwas, das jene innere Distanz schuf, die doch so notwendig war, um ein Wiedersehen nach so langer Trennung zu überstehen.

Der Bericht

Es ist noch nicht sieben. Ich öffne das Fenster des Hotelzimmers, aus dem Schacht des Lichthofes dringen Schreie. Nichts ist zu sehen in dem schwärzlichen Schlund, aber deutlich geben die Mauern es wieder, es klingt wie das Schreien aus der matt gewordenen Kehle eines sterbenden Tiers. Ich beuge mich weit hinaus, mein Bauch liegt quer über dem rissigen Fensterbrett. Fünf Stockwerke müssen das sein oder mehr, von hier aus gesehen ist die Tiefe bodenlos, und der kühle, von oben nicht einzusehende Grund sendet Gerüche herauf. Feuchtigkeit, Dreck und Moder.

Doch jetzt nichts als Stille. Selbsttäuschung, denke ich. Akustische Fata Morgana, böse Geräuschkulisse aus einer vergangenen, nicht mehr vorhandenen, uns Heutigen unbekannt gewordenen Welt. Erinnerung an Erzähltes, Erfundenes. Oder ein in dem Schacht gefangenes Tier...

Aber wieder, eindringlicher diesmal, erst verhalten, dann noch deutlicher als zuvor: Wehklagen. Wehgeschrei. Ist das ein Mensch, ein Kind, das hier schreit? Ein kleines, ohnmächtiges Wesen, das versagt hat und nun um Vergebung fleht?

Langgezogen, anscheinend ohne enden zu können, zieht sich ein Wimmern hin. Dazwischen ein Klatschen. Rhythmische Schläge, unbarmherzig im Takt.

Das ist kein Tier. Nein, das ist Menschengeschrei! Schlag auf Schlag, Schrei auf Schrei. Aber wer schreit? Wer schlägt? Vielleicht ist das alles nicht wirklich, bloß ein Traum...

Ich rekapituliere, noch unausgeschlafen, was gestern

gewesen. Wo ich jetzt bin. Rekapituliere. Den Bahnhof. Die Stadt. Das Hotel. Das Land, das mir immer noch fremd ist, wenn auch durch Geschichte, Geschichten und tausend andere Dinge genau und sehr lang schon bekannt. Die Stimmen vieler Menschen fallen mir ein. Das Gute, das Böse in ihren Augen. Der Tonfall ihrer Kehlen, die Sprache. Immer wieder auch Zeichen. Nähe, trotz Fremdheit.

Das ist es also! Deshalb verstehe ich nichts. Weder spreche ich die Sprache dieser Stadt, noch kann ich ihr Wehklagen deuten. Was aber im selben Moment wieder überdeutlich zu hören ist, sind konkrete Schreie. Sie setzen sich fort und verebben, schwellen an, um, wie es scheint, nie mehr zu verstummen. Und zu all dem kommt jetzt etwas hinzu, etwas wie Artikulation, erstickt hervorgestoßene Laute, geschluchzte Silben, die jeder, aber auch wirklich jeder Fremde verstehen muß, welche Sprache er immer auch spricht, weil sie in jeder Sprache dieselben sind.

Nun ist es klar, daß das schreiende Wesen ein Mensch ist, und die Ursache der Schreie ist menschliches Tun. Das Aufklatschen von Händen auf nacktem Fleisch. Doch das langgezogene Schreien gleicht nicht einem Aufbegehren, das Strafen wie diese, so derlei als Strafe überhaupt gelten kann, rechtfertigen würde. Und dieses Leiden, Erleiden, scheint dem Schreienden lang schon bekannt, vielleicht eben deshalb unabwendbar, schicksalhaft: klatsch - klatsch -, auf verletzlicher Haut.

Menschenhaut gibt einen eigenen Klang, wenn etwas sie so berührt, rhythmisch. Schlag auf Schlag...

Die Intensität der Hiebe trifft, trifft hart auf das Trommelfell, prallt im Inneren einer betroffenen Menschenseele auf und öffnet den Mund. Todesangst schreit, gellt, dringt herauf aus dem Schacht, und nach kurzer Ermattung, fast schon erstickt, steigt sie noch einmal an. Gellend schrill. Todesgeschrei.

Einen Mantel hänge ich über, es wird kälter im Zimmer. Moderig kalt. Unten schlägt eine rhythmisch arbeitende Hand auf etwas, das ich nicht sehen kann, ein, und ich beuge mich abermals über das Fensterbrett.

Hinter einem rostigen Balkon gegenüber öffnet sich eine Tür. Ich sehe, wie eine alte Frau, ein Wolltuch um die mageren Schultern gelegt, noch im Hemd, heraustritt, sich bekreuzigt und in die Tiefe starrt. Stumm. Aus einer anderen Balkontür schiebt sich ein Mann mittleren Alters, die Wangen mit frischem Rasierschaum bedeckt, in der Rechten einen Rasierpinsel, weggespreizt. Steht, horcht gebannt und beugt sich vornüber, sodaß das dünne Eisengeländer unter seinem Gewicht zu schwanken beginnt. Das scheint er nicht zur bemerken. Wirft sich aber plötzlich zurück, weil irgend etwas, das er gesehen, ihn erschreckt hat. Er bedeckt sein Gesicht mit den Händen, sodaß das Weiße des Schaums durch die roten, gekrümmten Finger quillt. Sein Atem ist sichtbar in der kühlen Märzluft, ein weißlicher Rauch. Was hat er gesehen?

Ein Kind, das schreit. Ein Kind, dem die Haut vielleicht geplatzt ist in dieser Minute. Die Seele, das Denken, das Gefühl. Ich bin sicher, daß es ein Kind ist, kein sehr großes. Und die ausgestoßenen Laute, die schon keine richtigen Laute mehr sind, wollen aufkommen gegen das Schicksal und können es nicht.

Das Klatschen, das Wimmern unten im Schacht

hält an, bis das Stimmchen leise und kraftlos wird, erstickt, erstirbt. Hin und wieder nur aufkann, in tierische Heullaute übergeht und plötzlich verstummt.

Verstummt. Das Klatschen hält aber an, obwohl es schon still ist, rhythmisch, und weiter, um allmählich erst langsam zu werden und zu erlahmen. Auch das Keuchen dazwischen wird schwächer, hält an.

Stille.

Mir schwindelt über dem Abgrund, die Ohren suchen angestrengt nach einem fehlenden Laut. Nichts. Es ist nichts jetzt. Vorbei. Alles schwankt, ich muß das Gleichgewicht halten. Zurück also vom Fensterbrett, zurück vom Fenster, von dem aus ja ohnedies nichts zu sehen ist. Nur das Dunkel im Schacht.

Durchatmen! Ich lebe noch. Es ist vorbei.

Drüben kehrt der Mann mit dem Schaum im Gesicht gesenkten Kopfes in seine Wohnung zurück, auf Zehenspitzen. Die knochige alte Frau auf dem Balkon gegenüber zieht ihren Schal über der Brust zusammen, bekreuzigt sich wieder, ehe sie aufschaut zum Himmel, sich umdreht und hinter die Tür tritt. Mir, hinter dem Vorhang, zittern die Knie, ich horche in den Lichthof hinab, lang.

Nur ein wenig noch schwanken die Rahmen der Fenster, dann ziehen sie sich langsam gerade. Ich schließe die alten, hölzernen Flügel, die äußeren erst, dann die inneren. Weil plötzlich klar wird, wie unglaublich kalt ein Morgen im März sich hier anläßt...

So hätte mein Bericht über das Treffen, zu dem ich geladen war, nicht beginnen dürfen, und eigentlich war er damit schon an seinem Ende. Ich warf mich rücklings auf das ächzende Bett, ein Hotelbett von grauenerregender Leere und Dürftigkeit. Nicht, daß etwas daran nicht in Ordnung gewesen wäre, sämtliche Dinge waren vorhanden, die zu einem Hotelbett gehören, nur die Kälte war schrecklich, und auch die jählings eingetretene Lautlosigkeit in dem abgelegenen Trakt.

Der Bericht aber mußte geschrieben werden, vielleicht hätte ich überhaupt nie beginnen sollen damit. Ich hatte auf das Datum vergessen wegen der Schreie, aber der Tagesablauf schien mir von jetzt ab gar nicht mehr wichtig. Es gab überhaupt nichts, was an diesem Tag noch aufzuschreiben wichtig gewesen wäre. Aber es wurde der Beginn einer Geschichte, eines Albtraums von einer Geschichte, die nach der Lösung eines nachtschwarzen Rätsels schrie.

Der Personalchef an der Rezeption legte die Stirnhaut in Falten, als ich mich verständlich zu machen versuchte. Seine Lippen wurden flach, seine Augen zogen sich zu kleinen Löchern zusammen. Es stellte sich bald heraus, daß er sehr wohl meine Sprache verstand, aber die Erwiderung aus irgend einem Grunde hinauszog. Ich müsse mich geirrt haben, sagte er kopfschüttelnd, in diesem Hotel gebe es keinen Hinterhof. Die Zimmer des fünften Stockwerks gingen allesamt auf die Straße, anderenfalls müsse mein Blick auf eine der Grünflächen, die sich hinter dem Haus befänden, gefallen sein. Eine rasche Handbewegung zu seiner farblosen Stirn ließ mich wissen, was er von mir zu halten schien. Verrückt. Ich müsse verrückt sein. Wieder so eine, die alles aufschreiben will, die Traum und Wachen nicht auseinanderhält.

Nach dem Frühstück sprach die Dozentin für Wortarchitekturen zwei Stunden lang über die einschlägigen Meister der Stadt. Sie hatte Bücher gebracht, besondere Ausgaben, den Anwesenden noch nicht bekannt. Und sie legte ihren Zeigefinger auf die linke Seite eines zweisprachigen Bands, das die Briefe eines persönlich nicht sonderlich glücklichen Wortbaumeisters, eines der berühmtesten seiner Zeit, enthielt. Man beurteilte damals seine Melancholie als übertrieben, exzentrisch, wohl auch als verrückt.

Sie las ein paar Zeilen. In meinem Gehirn aber spannte der stumpfe Abbruch des Kindesschreis grelle Bögen in alle Hinterhöfe der Welt, zu den Abseiten des Daseins. Ich konnte nichts tun.

Wie? Welche Zimmernummer haben Sie denn? Aber das ist nicht möglich, Madame! Wirklich nicht! Sie müssen sich irren.

Aber der Portier, dachte ich, oder noch besser, der Polizist am Eingang des Hotels, der muß es doch wissen!

Die Dichter haben die Stadt verlassen, sagt die Dozentin, die meisten von ihnen, um nie mehr wiederzukehren...

Meine Hände sind viel zu schwer, der Bericht kann so nicht gelingen. Den Bleistift also in die Tasche vergraben, und weg das Papier!

Später, vor der Portierloge, versuche ich, die verschiedenen Möglichkeiten noch einmal zu überdenken. Der alte Mann schüttelt den Kopf erst leicht, dann heftiger und weist mich fort. Der Polizist ist nicht mehr da.

Draußen schlägt der Wind kalte Tropfen in unsere Gesichter. Eine leere, graue Gasse ist benannt nach der Braut eines allseits bekannten Poeten. Zwischen den Regenschnüren, so meine ich zu erkennen, steht er..., René, ein verlegener Bräutigam, ungefragt zwischen uns. Ja, einer, der so lang schon tot ist, drängt sich eben leichter zwischen den Schreien eines Kindes in diese Welt als unsereiner. Und trägt sein Hochzeitsgewand des Regens nicht achtend, während er sich meinem linken Ohr gefährlich zu nähern beginnt. Oder sind es bloß Regentropfen?

„Dann geht sie, ihre Pflicht zu üben,
hinfort die Stadt mit leisem Schritt
und nimmt, als Sold des Traumes, drüben
des kranken Kindes Seele mit.“

Ja, sage ich ebenso leise zurück. Und deshalb habe ich auch nicht aufgehört, mein Herr, an Sie zu denken und dankbar für Ihre Aufrichtigkeit zu sein. Gestern Abend, als ich wieder einmal in diesem ersten Ihrer Bücher las...

Die plötzlich als dringlich empfundene Notwendigkeit, mich bei ihm zu entschuldigen, zieht mich ein paar Schritte in die Richtung seiner Stimme.

Verzeihen Sie, verehrter Meister, ich habe mich geirrt..., ja ganz sicher habe ich mich geirrt! Und ich wollte Sie auch nicht verletzen mit meinen Gedanken, wirklich nicht!

Die Dozentin für Wortarchitekturen scheint die Stimme des Dichters der *Laren* nicht gehört zu haben, er ist ja auch schon zurückgetreten. Leise.

Sehen Sie diesen Eingang dort drüben? meint sie unbekümmert und zieht uns über die Straße, und hinter sich her.

Eine verschlossene Kaffeehaustür an der Ecke bezeichnet die Stelle, wo Wortkünstler dieser Stadt ihre Sätze auf Kaffeehaustischen zusammentaten, zornig, um dem berühmten Sachverständigen in Wien Entsprechendes zu erwidern, wenn er einen von ihnen, wie häufig geschehen, beleidigt hat...

Ein paar Schritte weiter prahlt mit üppig geschmücktem Portal eines Berühmten Haus, glänzt, überglänzt alles mit farbigem Stuck, Glas und Gold. Die Kameras heben sich. Abzüge klicken.

Nein, keine Schreie! Nicht hier.

Wie ich sie alle verehre, die uns die Botschaft brachten aus jener Zeit! Mit Phantasiegebilden, Romanen, mit den wunderbaren Zeugnissen einer verwehenden Welt! Mir leuchtet der *Stern der Ungeborenen* immer noch.

Aber die sanfte Stimme der Dozentin kann es doch nicht gewesen sein, die mir derart ins Herz schnitt? Was sie jetzt erzählt, paßt ja auch nicht in meinen Bericht.

Madame, so der Portier, so der Hausdiener und der Mann in der Rezeption, so die nette Dozentin: Sie haben sich geirrt! Keine Schreie hier, vielleicht anderswo.

Den Weg durch die Vorstadt finden die Füße von selber, hinter dem Hauptplatz geht es im Laufschritt durch Gassen, dann durch ein halb geöffnetes Tor.

Der alte Friedhof. Hier pfeift der Wind durchs Geäst. Pfützen glänzen zwischen dicht aneinander gedrängte, hintüber vornüber eingesunkene Steine. Der Weg dazwischen wird eng, kaum begehbar.

Wann beginnt mein Bericht? Und wo?

Jeder der Weiterdrängenden will an dem Ort schon gewesen sein. Wann war ich das letzte Mal hier? Vielleicht bin ich immer schon da? Kenne ich diese Ecken, Nischen, Säulen bloß nicht mehr wieder? Die Bäume, die Pfützen, den Regen? Den Schrei?

Verstehen Sie, werte Kollegin, auf diesem Fleck Erde, wo seit Jahrhunderten, vielleicht seit Jahrtausenden Millionen und Abermillionen Seelen geschrieen haben, wer hört da heute schon einen einzelnen Schrei!

Aber hören Sie, werter Herr, da schreit doch ein Mensch, und es schreit ein Kind! Wieder und wieder schreit es aus Fenstern, aus Türen, aus Hinterhöfen. Schreit unter dem Pflaster der Straßen. Das soll in keinen Bericht?

Aber lesen Sie doch, Madame, lesen Sie bitte! Und schauen Sie selber. Neben- und übereinander, zu Tausenden, Abertausenden, sind sie gestorben, schreiend in ihrer Ohnmacht. In allen Sprachen, an allen Enden der Welt. Auf Denkmälern, Tafeln, Tumben steht es geschrieben. Auf sämtlichen Kontinenten, es ist immer dasselbe. Das Leiden der Welt. Überall auch können Sie es erahnen. Sehen Sie diese Gräber! Dort, zwischen den mitgebrachten Steinchen und, wie eben dort drüben, auf kleine gefaltete Zettel gekritzelt: die Schreie der Lebendigen, die Zeichen der Unbewältigbarkeit alles irdischen Seins. Denn das Leiden hat noch immer kein Ende, das Morden, das Schreien, das Wimmern...

Das Schweigen.

Kein Ende.

Die Dozentin drängt weiter, es drängt die Zeit. Ein Windstoß reißt mir das Tuch vom Hals. Hinter dem Ausgang des eben besuchten Hauses dämmert ein Hinterhof einem anderen Jahrhundert entgegen. Einem besseren?

Ein Bücherstand! Ach! Rot ist der Einband, der mir entgegenblinkt, darüber üppiges Gold in Schnörkeln und Arabesken. Die Dozentin ist weit schon voraus. Ich bin geblieben, wo ich, wie ich meine, seit langem schon bin. Der Einband des Buches glänzt rot wie von frischem Blut. Und die Menschen sind gar nicht fremd rundum, nein, bloß die Sprache ist anders.

Es regnet. Alle sind fort jetzt, nun steht nichts zwischen mir und der Wirklichkeit. Alles ist wie es war, wie es ist. Also auf, und gegen den Wind zurück zu dem Platz, wo unter knatternden Planen Andenkenverkäufer grellbunt bemalte Figuren, auf Schnüre gereiht, zum Kauf anbieten. Steife, im Wind sich drehende Marionetten, Harlekine mit aufdringlichen Schellen.

Wollen Sie kaufen?

Höflich lehne ich ab, schwenke im Laufschritt durch Gäßchen, in denen das Regenwasser schon seine Rinnen zieht.

Das Kopfsteinpflaster ist tückisch, die Gehsteige schmal. Die kalten Löcher weit offener Haustore starren mich an. Durchblick in Hinterhöfe. Drin ist es still, viel zu still. Ich bin müde, vielleicht auch krank. Das Klatschen des Regens, das Platzen der Tropfen auf der Haut. Das Platzen der Haut.

Schreie. Aber ich muß jene Rednerin wiederfinden,

die alles so gut zu erklären weiß. Nur, der Regen behindert die Sicht!

Taxi!

Klatsch! Klatsch! Klatsch!

Der Taxifahrer tritt auf das Gas wie der Teufel, die Türen des alten Kastens dröhnen im Ohr. Wunderlich leicht und mir selber fremd schlingert mein Körper auf dem Sitz hin und her. Kurven werden in weitem Bogen genommen, wir durchqueren die Stadt jetzt in entgegengesetzter Richtung. Über der Brücke zeigt sich der breite Rücken eines Bergs, gekrönt von Türmen. Oben starren Mauern mich an...

Der Sturm bläht den Mantel auf wie ein Zelt. Wolken hängen so tief, daß sie mit ihren grauen Massen den Platz glatt leergeputzt haben. Nirgendwo ein menschliches Wesen, auch nicht auf der Rampe, wo sich sonst die Lebensfreudigen gütlich tun. Nur der Wind in den Ohren, das schreckliche Stöhnen in der schneidenden Luft.

Ist das alles ein Traum? Der Weg durch das hochgerissene Tor der Eingang in ein verwunschenes Leben? Die Bö treibt meinen Schirm wie ein Segel vor sich her, das zieht quer durch Höfe. So viele Seelen, die weinen!

Im Farbenglast eines hohen Doms drängen sich Menschen zuhauf. Die ich suche sind nicht zu finden, weder hier noch anderswo auf dem zugigen Vorplatz. Wie viele Generationen Leidender mögen da schon herumgeirrt sein, im Sturm, im Regen?

Auf diesem verwunschenen Berg scheint ein Haus das andere erdrücken zu wollen, ein Palast den anderen zu übertrumpfen. Die Mauern ducken sich, auch die aufwärts führende Straße, unter der Wolkenlast. Der Regen peitscht schräg auf das Pflaster. In versteckte Kellerlokale winden sich Treppen. Ich frage und frage. Von irgendwoher muß mich doch eine Antwort erreichen...

Mein Gott, wo beginne ich den Bericht?

Plötzlich in geräumigem, hell erleuchtetem Gewölb eine festlich geschmückte Tafel, Gedecke auf weißem Leinen, in Silber, in Gold. Schimmernde Gläser mit kunstvoll gravierten Mustern. Kristall. Rundum sind Kerzen entzündet. Ein Feenpalast.

Bin ich der einzige Gast? Wartet hier niemand auf mich?

Siehe da! Ein Jünging in hellgrünem Wams tritt durch die Tür, überaus höflich sich verneigend. Ein weiches Gesicht, ein ernster Blick. Aber plötzlich, nach ungläubigem Hinsehen, zwei lustige braune Augen mit goldenen Sternen darin, die sich jäh bedecken, als auf den Wangen darunter zarte Röte erscheint. Der Knabe weist mit der Hand auf einen verschnörkelten Stuhl am Ende der mit Spitzen behangenen Tafel.

Dieser Schreck! Wie ein Schwert, das aus glühender Esse gezogen, die fragende Brust durchstößt! War da etwas wie Wiedererkennen? Ja oder nein? Diese Anmut der Bewegung hat mit der Geste eines Bediensteten wenig gemein.

O du heiliger Nepomuk! Beschützer dieser Stadt, bewahr das Geheimnis! Scheuch deine Trugbilder von mir fort, denen ich in meiner Hilflosigkeit nichts entgegenzusetzen habe als ein Stammeln!

Tief verbeugt sich der Knabe. Und schöner zeigt

sich mir plötzlich von oben die Sonne, wirft kleine Feuerbällchen herab auf die steinernen Stufen. Zieht meine stolpernden Schritte wie von selber hinauf.

Wer oder was wandert jetzt, wirr vor Staunen, die Straße entlang bis zur Straßenbahnstation? Die Dozentin für Buchstabenfixationen ist ja auch hier nicht zu sehen! Nirgendwo!

Doch da rattert das gelbrote Gefährt schon munter mit mir den Burgberg hinab. Die Sitze sind hart, Glasfenster vibrieren. Über dem Fluß, der grell aufglänzt, stechen schwarze Türme in den Himmel, auf ihren Spitzen leuchten goldene Kugeln unter Kreuzen. Also ausgestiegen! Schnell! Dann schwenkt mein Schritt in den alten Platz ein.

Ich muß mich geirrt haben. Der Jüngling auf dem Berg kann die Ursache meines Erschreckens doch nicht gewesen sein! Verhext! Warum erinnere ich mich nicht an Namen?

Das Krähen des Hahns über der riesigen Uhr kommt unvermutet wie der Gedanke an andere Welten. An den Zustand danach. Und drüben.

Ein Häuflein lebendiger Menschen hat sich gefunden auf dem Platz. Zum Glockenschlag. Irgendwer plappert zu laut. Der Wind fährt durch sein Haar, so daß es zerzaust ihm die Sicht nimmt. Aber vielleicht ist das alles nicht wahr, und nichts von alldem ist Schuld an dem Weinen, das jetzt in mir ist. In Wahrheit sitze ich vielleicht längst schon daheim im Fauteuil, und der Bleistift kollert mir aus der Hand, rollt über den Tischrand...

Habe ich Böses geträumt? Wo ist der Grenzstrich zwischen Paradies und Hölle?

Die Nachmittagssonne hat nun doch noch die Wolken verscheucht. Legt mir den Platz frei, ein gewaltiges Viereck, umfangen von Architekturen, die einem ganzen Jahrtausend Prägung gaben, während unter den vorwärts stolpernden Schuhen, den meinen, der Boden rot und, wie Glas, transparent wird. Vergessenes, Verborgenes zeigt er in den Tiefen, und mit verhaltenem Schrei rennt darüber ein Mensch, dessen Wissen wie eine Last ihm aufs Herz drückt. Horch! Todesschreie! Scheiterhaufen und Flammen!

Der Schrei eines Kindes ist es. Ich muß den Bericht jetzt fertigschreiben, darf nicht ruhen, mich nicht verheddern in so viel Ungewißheit, Verzweiflung und Tod.

Im Hotel wird mir ein beschriebener Zettel gereicht. Dasselbe Gesicht, das am Morgen meine Erregung verhöhnt hat, beugt sich mir über dem schwarzen Empfangstisch entgegen. Es gibt keine Hinterhöfe in diesem Haus! Madame hat sich geirrt. Madame wird aber erwartet zum großen Treffen.

Ja ja, ich weiß. Ich erinnere mich.

Nach dem Umziehen im Zimmer schiebe ich behutsam den Vorhang weg. Ein Blick in den Hof, doch kein Laut jetzt. Schräg fällt das Abendlicht durch die Scheiben. Ich horche hinunter in den dumpfigen Schacht. Die Schatten der Mauern über der Mörtelschicht schwanken. Ob das Menschlein von heute morgen nun tot ist oder doch nur verletzt? Ob Schmerz, Scham und Schuld seine Seele schon umgestülpt haben, Innerstes ihm nach außen gekehrt, weil das übermächtige Außen im kleinen Innen nicht Platz hat?

Später, nach anderen Gedankentorturen, das festliche Nachtmahl. Melancholischer Höhepunkt eines Tags. Hell schimmernde Lampen, blinkende Gläser! Glückwünsche. Münder und Hände. Reden. Lobpreisungen. Reden.

Heimliche, schnell hingekritzelte Notizen, hier wie überall. Protokolle. Menschen, die immerzu lächeln, und doch bleibt der Ausdruck zurückgehaltener Zweifel und Vorbehalte in ihren Gesichtern. Unsicherheiten, Enttäuschung, Mißgunst, wer weiß. Trotzdem immer wieder zur Schau gestellte Gesten des guten Willens. Viel Verborgenes. Verhaltene, von allen Seiten her beobachtende Blicke.

Ob nicht doch, einzig, die Kunst imstand sei, fragt jemand, Unerträgliches uns erträglich zu machen? Leid und Schmerzen mit ihrem alles überstrahlenden Glanz, ihrer Herrlichkeit, zu bedecken, Leiden, die angesichts so vieler Traurigkeiten uns auferstehn, immer wieder auferstehn?

Deshalb, nicht wahr, liebe Kollegen, suchen wir ja nach den schönen, sorgsam gehüteten Dingen aus vergangenen Tagen und spüren sie auf. Tasten nach Buchstaben, Sätzen, Linien und Konturen, um doch noch etwas von ihrem Zauber in uns zu halten, wenigstens ein paar Augenblicke lang diese Leere, die Angst, die Beklemmungen unseres Daseins samt all den Ungeheuerlichkeiten vergessen zu können...

Beifall. Zuspruch. Man macht einander Mut. Mir gellen die Schreie vom Morgen immer noch in den Ohren. Sie haben sich getäuscht, liebe Kollegin, nicht wahr? Ja, ja, man kennt das, die Nerven...

Händeschütteln. Verhaltene Seufzer. Müdigkeit bis zum Tod. Nach all den Beschwörungen eines Gemeinsamen unter den Menschen, eines Verbindenden, Verstehenden auch, verläßlich, ist man am Ende doch rasch auseinander gegangen.

Was im nachhinein auffiel? Niemand hat geschrieen. Niemand hat geweint.

Das Schneekleid des Fauns

Die Nachricht vom Tod der goldhaarigen Goneril lastete auf den Gemütern. Melancholie hatte sich breitgemacht angesichts so vieler Rätsel. Oder war es der Nebel, der zwischen den Fichtenstämmen auf die vereiste Terrasse heraufkroch, um die Sicht zu verstellen auf das Ungeheuerliche, das er verbarg? Manon, Francesca und Mary-Rose berieten in der Halle, was zu tun sei; flüsternd, während der Verwalter den Telefonhörer auf die Gabel legte, um wieder nichts zu tun als aus dem Fenster zu starren, auf den rauhreifverhüllten Wald.

Da und dort stachen Baumwipfel aus dem Gewölk. Die Wiese jenseits des Kieswegs war nur durch einzelne dunkle Flecken erkennbar. In langen Sätzen sprang ein Hase gegen den Hang zu, wo er im Nichts verschwand. Die Ermittler würden bald kommen, um die Mädchen und alle anderen Bewohner des Hauses nach einem Unbekannten zu fragen.

Julia hatte ihn nicht klar erkennen können an jenem Tag, bloß geahnt. Aber vielleicht war sein Auftauchen hier im Gebirge nur ein Gespinst ihres überhitzten Gehirns, Phantom verleugneter Angst, Produkt überreizter Nerven. Keinesfalls durfte sie sich etwas anmerken lassen, durfte einen ihrer Meinung nach Unschuldigen nicht dem Argwohn der nervös gewordenen Menge ausliefern. Nur einmal, an einem der kalten Dezembermorgen, hatte sie ihn wirklich erkannt. Reglos, die Füße im Laub, war er zwischen den Stämmen wie ein in den Boden gerammter Pfahl gestanden, das Tarngewand in der Farbe der Rinden und Zweige, an denen die Last des Schneeregens hing. Wie auf einer verwischten Palette waren in diesem Augenblick des Wiedererkennens alle Möglichkeiten von Verwandlung auf der Tabulatur ihrer Gefühle erschienen.

Das verschwommene Bild jener regenverhangenen Menschengestalt hatte Julia von da ab in sich getragen, samt allem, was es damit zu deuten gab. Sie würde sich hüten zu reden! Jede Willkür der Beurteilung des Falles war zu vermeiden, jeder Verdacht auf das strengste zu prüfen, bevor einer voreilig Schlüsse zog.

Den Mädchen im Haus erschienen die Vorfälle anders. Ihnen zerspalteten Konsequenzen möglicher Fehlurteile nicht den Sinn, sie trauerten um ihre Gefährtin so, als hätte tatsächlich jener Fremde, der mehrmals am Hang gesichtet worden war, deren Tod bewirkt; nicht der eigene Wille, der zum Zeitpunkt des Geschehens kein wirklicher Wille gewesen sein konnte, nur blankes Entsetzen oder irgendeine andere, kaum nachzuvollziehende Ausweglosigkeit.

Julia spürte den dringenden Wunsch, die ihr unheimlich gewordene Gegend zu verlassen. Gestern erst hatte sie gehofft, bis zum Neujahr Gast des Hauses bleiben zu können, an ihren Texten zu arbeiten, aber das ging jetzt nicht mehr. Der Selbstmord des Mädchens, die Einsamkeit hier heroben, das Gefühl der Ohnmacht, des Ausgeliefertseins, hingen in der Luft wie Blei. Julia sah der greisen Gastgeberin Hände über dem Teegeschirr zittern, sah, wie kraftlos sie waren, wie zerbrechlich.

Madame, sagte sie leise, doch mit Betonung, nicht ohne sich schuldig zu fühlen und undankbar. Ich werde reisen.

Ach...! sagte die alte Dame. Unter den tiefliegenden Augen lagen Schatten.

Und ich dachte Sie glücklich hier bei uns, hoffte auf Ihre Gesellschaft ab und zu. Das Fürchterliche, das hier geschehen ist, wird sich klären, wir glauben fest daran.

Sie nahm einen winzigen Schluck aus der Tasse und ließ ihre welken Lider herab. Julia beobachtete sie eine Weile, konnte aber nicht erkennen, ob eine wie sie auch so wie andere in das Dunkel hinaushorchte, oder ob sie vielleicht schon schlief.

Mariella hat die Aussagen ihrer Freundin zu Protokoll gegeben..., kam es nach langer Pause aus dem in feine Fältchen versunkenen Mund. Eunike kann den Menschen beschreiben, der das arme Kind auf seinem Weg erschreckt hat. Man wird ihn wiedererkennen, wird ihn nicht schonen.

Er hat sie aber, erwiderte Julia schlicht, und das wissen wir alle, Madame, nicht getötet. Die Ursache von Gonerils Verzweiflung muß eine andere gewesen sein.

Zögernd nahm sie ein Stück von dem dargebotenen Kuchen. Stellte sich, in jäher Verwirrung, das Gesicht jenes Mannes vor, das sie zu kennen glaubte, sein feines, olivenfarbenes Antlitz, die schweren braunen Locken über verschwiegener Stirn. Warum nur fiel ihr immer wieder jenes Gesicht ein? Und wie hätte er, Livio, Liv, wie sie ihn bei sich zu nennen pflegte, von ihrer Reise hierher erfahren sollen, wo sie doch keiner Seele etwas von ihren Plänen anvertraut? Julia wünschte, daß er unschuldig war, hätte es schwören mögen.

Eine unerträgliche Spannung zog ihr die Kehle zu.

Sie legte das Kuchenstück von der Gabel auf den Teller zurück, sie konnte nicht mehr.

Die alte Dame blickte mit unverhohlenem Interesse auf ihren Gast.

Solange er... nicht gefaßt ist, sagte sie lauernd. Solange er... keine Aussage macht, kann keiner behaupten, daß er unschuldig sei. Auch Sie nicht, meine Liebe. Das Aufschreiben von Geschichten macht noch keine Detektivin aus Ihnen.

Morgen, spätestens übermorgen..., Julia mühte sich, ihre Stimme ruhig zu halten, werde ich reisen. Im Dorf gibt es Verpflichtungen für mich, denen ich nachkommen werde. Danach wird mich hier niemand vermissen.

Der letzte Satz war nicht ganz zu Ende gedacht und sollte auch nicht von anderen zu Ende gedacht werden. Julia hob die Tasse zum Mund und merkte, daß ihre Hände nicht stillhalten konnten. Begann sie schon, den Argwohn der klugen Alten zu fürchten? Verwundert über sich selbst und nicht wenig verwirrt, starrte sie auf das Rot und das Gold auf dem Teegefäß, die ungewöhnliche Zartheit des Porzellans, und rückte die Schale mit ihrem Untersatz vom Tischrand zurück. Auf der Seite der Rundung, ihr zugewandt, entdeckte sie ein Tiermuster, sowie auf jedem Stück des kostbaren Teegeschirrs ein Tiermuster aufgemalt war, auf jeder Tasse ein anderes. Auf Julias Tasse wandte gerade ein Eber seinen gewaltigen Nacken ihr zu. Fast hätte sie aufgeschrieen.

Am nächsten Tag zeigte die Welt sich heller. Über Nacht hatte es geschneit, die Stiefel versanken bis zum Schaft in dem weißen Flaum. Der Fußweg ins Tal war durch Seile markiert, das Panorama der Gipfel vom Schnee wie verzaubert.

Julia äugte nach allen Seiten. Die Fichten trugen hohe Hauben von Weiß, auch unterhalb das dichte Gesträuch, insgesamt ein Meer von glänzendem Weiß, und der Himmel darüber so klar, daß der Entschluß abzureisen, einen Moment lang voreilig, wenn nicht gar unsinnig schien. Weit und breit zeigte sich nichts Verdächtiges. Menschenspuren im Neuschnee wären zu erkennen gewesen.

Lisette, die sie nach den Besorgungen im Ort aufsuchte, fragte nach der Befindlichkeit auf dem Berg, beklagte das Geschick der unglückseligen Goneril und diesen Albtraum, der im Dorf die Runde gemacht hatte.

Sie redeten dies und das, doch obwohl Julia sich der Freundin gern anvertraut hätte, wurde kein richtiges Gespräch daraus. Lisettes Art, die Ereignisse zu sehen, entsprach nicht der ihren, die Rede ging an Wesentlichem vorbei. Anscheinend genügte ihr der oberflächlich bewegte Schaum der Wörter, während das Dunkle darunter unbefragt blieb, wie gar nicht vorhanden.

Julia trat in die betäubende Helligkeit des Dezembertages hinaus, blinzelte in das von der Sonne in unüberschaubare Funken zersplitterte Licht und stapfte dann langsam bergauf; ließ das Dorf hinter sich, den Bach, die verschneite Allee.

Als nach der ersten Wegbiegung der Anstieg über die Wiesen zum Wald hinüber begann, eine Abkürzung des Fahrwegs, der sich in weiten Windungen über die Hügel zum Schloss zog, sah sie in der Ferne eine

Gestalt zwischen den Stämmen stehen, aufrecht, reglos wie eine Statue, und deutlicher, größer werden mit jedem Schritt. Das fleckige Braunweiß seines Gewands diente dem Mann als Tarnung, hob ihn jedoch inmitten des reinen Weiß als Kontrast hervor, sämtlichen Blicken ausgeliefert, die ihn vom Tal her hätten beobachten können, wäre nur jemand zugegen gewesen.

Das grelle Weiß schmerzte in den Augen, Schweiß perlte den Nacken hinab. Eine Schneelawine stäubte von einem Ast herunter und hüllte sie in einen glitzernden Mantel. Julia wischte sich die Wangen, fuhr mit dem Handschuh über die klumpigen Wimpern und riß die Augen auf.

Näher herangekommen, glaubte sie ihn zu erkennen. Wartend stand er auf einer Erhebung und sah ihr entgegen, die Rechte auf etwas gestützt, das ein Stock hätte sein können, ein Lattenzaun oder auch etwas anderes, aber Julia hätte schwören mögen, daß es ein Gewehr war. Wußte es, ohne es richtig wahrzunehmen. Auch, daß er das Ding auf die Schulter heben konnte in jedem Augenblick, und es war geladen.

Zum Umkehren war es zu spät. Hätte sie wieder bergab und zurück ins Dorf laufen sollen? Welche Lächerlichkeit! Die Stiefel klebten auf der Stelle und steckten im Schnee, es kostete Mühe, einen Schritt vor den anderen zu setzen, während der Mensch da oben jung, kräftig, und überdies ausgeruht war. In wenigen Minuten hätte er sie im Fall einer Flucht eingeholt. Sie setzte also weiterhin Fuß vor Fuß und achtete auf gleichmäßige Atmung, damit nicht, aufgrund von Erschlaffung der Muskulatur, ihre Todesangst sie verriet.

Über die schwer beladenen Fichtenzweige fiel plötzlich gleißendes Licht. Nicht zu deuten, konnte es doch kaum von der Sonne herrühren, denn einer eben vorüberziehenden Wolke wegen hatte die Luft sich bläulich verfärbt. Woher dann die Blendung? Julia schloß die Augen vor dem Gefunkel, die Arme schlenkerten hilflos, während die schwer gewordenen Schritte unbeirrt weiterzogen. Nichts durfte verraten, was in ihr vorging.

Das steilste Wegstück war keuchend erklommen, die Kleider hatten sich an der dampfenden Haut festgeklebt. Aus den Augenwinkeln betrachtet, schienen die Bäume zurückzuweichen, sodaß der Standort des Mannes nun ein gutes Stück hinter ihr liegen mußte. Mit kurzem Ruck riß sie den Kopf herum und ließ ihn gleich wieder in seine gewohnte Lage zurückschwingen. Der Wahnsinnige schien sich jetzt dicht an einen der grauen Stämme zu drücken, mit jenem Baum, neben dem er eben gestanden war, zu verschmelzen. Sein Gesicht, sie fühlte es genau, blieb ihr zugewandt, obwohl sie der Weg schon in sanftem Bogen von ihm wegzuführen begann. Jetzt, dachte sie, hebt er den Arm. Jetzt ist er am Abzug.

Schrumpften die Beine? Schleifte der Mantel im Schnee? Als das Hecheln begann, zuckte es in ihrem Gehirn, war sie die Füchsin, spitzzähnig niedergeduckt im Schnee und gleich darauf querfeldein im Gebüsch, den Verfolger weit hinter sich lassend, schneeblind, verblüfft.

Merkwürdig, wie Grenzen verschwimmen, wie in dem schrecklichen Weiß ein Band sich spinnt zwischen Täter und Opfer! Vielleicht bin ich schon tot, dachte Julia, und ich weiß es nicht.

Nein, sie verwarf Verflochtenheiten mit derart undurchsichtigen Begriffen wie Schuld oder Unschuld, sie tappte weiter bergauf, erhitzt, verwirrt und atemlos, den Blick voraus auf das letzte Stück Weg geheftet.

Bei der letzten Biegung, als der Eckturm des mächtigen Gebäudes auftauchte wie aus dem Nichts, bewegte sich ein helles Etwas auf dem lavendelfarbigen Schnee: ein kleines, rechteckiges Blatt Papier, beschrieben. Nur wenige Wörter standen darauf, doch groß genug, lesbar. Steil die Schrift, der Schrift eines Kindes ähnlich. Julia hob es nicht auf, aber während des Gehens bildete sich alles in ihrem Inneren ab, prägte sich dem Gedächtnis ein. Es war gar nicht nötig, den Schritt zu verringern.

Morgen! Sie würde ihn treffen, morgen schon. Ach, dieses Schwindelgefühl! Goneril fiel ihr ein, übermächtig Gonerils rätselhafte Begegnung. Julia würde das klären, sah es als ihre Pflicht an. Morgen, pünktlich um elf auf dem Parkplatz, wie auf dem Zettel gefordert.

Jetzt nur nicht umdrehen! Im Gehölz war sie für den Todesschützen ohnehin außer Sicht. Trotzdem nahm die Nervosität nicht ab, es war, als zöge sich die vereiste Treppe des Schlosses, auf die sie zuging, mit jedem Schritt zurück.

Im Haus hing Julia dann erschöpft am Geländer. Beachtete die versammelte Menge nicht. Gonerils Eltern, die eben aus dem Zimmer der alten Dame traten, maßen Gerüchten keine Bedeutung bei, sie hatten ihre eigene Erklärung für alles.

Julia schlich in ihr Zimmer.

Dann die Nacht. Vor aufgerissenen Augen die

Schrift im Schnee. Und es war wieder Frühling wie damals, Blaues und Fliederduft über der Stadt, tänzerisch die Leichtigkeit ihrer Schritte, das Wippen frischbegrünter Zweige im Wind. Der Blütenschaum der Spiräen, überall kleine Quellen des Glücks. Sie selber, lesend, auf grün gestrichener Parkbank. Herzklopfen hinter vorgehaltener Zeitung. Es geschah nichts Verdächtiges, lediglich ein leises Hin und Her von Zweigen, Millionen wippender Blütensterne in Weiß, in Rot, durcheinandergebracht in Sekundenschnelle von dem jähen Manöver dahinter, einem girrendem Auf- und Untertauchen hinter den Hecken.

Lachend, schelmisch gleich dem bocksfüßigen Faun, geduckt und blitzschnell versteckt hinter Sträuchern und Tulpenbeeten, bald aber wieder heraus aus dem Grün und im Licht. Plötzlich nah, als er, von ihr in jähem Schrecken erkannt, sich lachend in voller Körperhöhe emporhob.

Lachen hatte beide erschüttert: sie, verblüfft, überwältigt von dem unerwarteten Anblick; ihn, weil ihm ein lang ausgeheckter Scherz gelungen. Durch das Gestrahle von oben, das zärtliche Fächeln der Zweige und den Duft aus den Kronen war jene unerklärliche Mischung von Gefühlen entstanden, jenes heitere Hoch, zugleich mit einem ersten Anflug von Sorge, weil doch schon damals so vieles in Schwebe war.

Als höbe alles sich auf, das Leben und selbst die Zeit. Als sie sich wiedergefunden hatte, war er längst fortgehüpft, in schrägen Sprüngen hinter die Hecken. Sie erinnerte sich genau, auch, daß sich Überraschungen dieser Art wiederholten, sie wollte gar nicht mehr wissen, wann und wo.

Später mied sie die Gegend, ließ sich abseits von Menschenansammlungen nie mehr alleine nieder. Öffnete daheim keinem Fremden die Tür und war dann im Herbst samt ihrer Arbeit in das Gebirge gereist.

Julia trat an das Fenster. Öffnete es. Der volle Mond warf Baumschatten wie blauviolette Greifarme über den Schnee. In der Windstille war das Knacken von Zweigen zu hören, vielleicht, weil ein Tier dort vorüberging. Oder der haarige Faun. Oder nichts.

Als es hell wurde, verbarg sie die in Eile gepackten Koffer beim Pförtner, schlüpfte in das Büro, um Madame einen Brief auf den Schreibtisch zu legen, und erreichte den Frühbus ins Tal, ungesehen.

Nebel verstellte die Sicht. Der Schnee war verharscht, der nachtkühle Bus schlitterte in den Kurven, schüttelte seinem ersten Fahrgast den Schlaf aus den Augen.

Julia verabschiedete sich von Lisette, erkundigte sich auf dem Bahnhof nach den nächsten Zügen und drehte sich, wieder im Freien, auf dem Stiefelabsatz im Kreis. Das Panorama wollte sich heute nicht zeigen, verhüllt blieben die Gipfel, entfernt nur zu ahnen hinter dem schneeverhangenen Grau der geheimnisvolle Koloss der Bergkette. Nie mehr wollte Sie in diese Gegend zurück.

Dann mietete sie ein Taxi. Das Treffen auf dem Parkplatz oben durfte nicht ohne Zeugen sein. Der Taxifahrer, breit am Steuer, beruhigte allein durch sein physisches Dasein. Sicher nahm sein Wagen die Kurven bergan.

Es war beinahe elf. Die Tannen links und rechts von der Straße zogen wie Schemen vorbei. Der Gehweg über die Hügel mußte dahinter irgendwo im Verborgenen liegen. Es hatte wieder zu schneien begonnen, die Scheiben des Taxis liefen an, und sie wischte und wischte am Fensterglas, während ihr Herz bis zu den Zähnen hinaufschlug.

Alles, was damals im Frühling so leicht und so licht gewesen, hatte sich nun verkehrt. Hell zeigte sich nur der Schnee, in ihr selber war alles dunkel. Sie schlotterte bis ins Mark, fühlte die elende Brüchigkeit ihrer Existenz, den Riß, der durch alles hindurchging.

Während der Wagen aufheulend hin- und herscharrte über dem Eis, ordnete Julia die Sätze in ihrem Kopf. Stimmte ihre imaginäre Rede auf den Gegner ab, beschloß, gelassen zu bleiben. Er würde die Waffe nicht erheben, wenn sie ihn nicht in die Enge trieb.

Auf halbem Weg überholte eine schwarze Limousine, scherte aus und schleuderte eine Ladung Pulverschnee gegen die Windschutzscheibe des Taxis, sodaß der Fahrer fluchte und wild zu manövrieren begann, bis die steil ansteigende Fahrbahn wieder sichtbar wurde und er alles im Griff zu haben schien. Dann fuhren die beiden Autos ruhig hintereinander her.

Vornübergebeugt konnte Julia, umrahmt von Eiskristallen, die Umrisse eines Schädels erkennen, verschwommen bräunliches Haar, das ihn umgab. An der entschlossenen Art seines Vorpreschens meinte sie zu erkennen, daß er gereizt war, zu allem entschlossen.

Auf dem Parkplatz schwenkte er nach rechts und ließ, während er langsam hielt, das Taxi an seine linke Seite heran. Julia schrie dem Fahrer ein paar Worte zu, der zog die Bremsen, daß es knirschte, und das Gefährt auf dem Eis zu schlittern begann.

Sie sind verrückt! fauchte der Fahrer sie an.

Ja, sagte Julia. Und schätzte blitzschnell den Weg ab, der zwischen der hinteren Autotür und dem Nebeneingang des Hauses lag, auch die mögliche Anzahl der Schritte.

Im Wagen nebenan schien sich nichts zu bewegen, dann senkte sich das eisverkrustete Fenster herab. Sie fuhr mit dem Kopf an die Scheibe, nur um mehr zu sehen, aber dann wurde ihr übel, so als hätte etwas sie hart getroffen.

Warten Sie..., brachte sie mühsam hervor, weil sich alles um sie herum zu drehen begann. Warten Sie, ich hole die Koffer! Sie stieß die Autotür auf, fiel beinahe hin, fing sich und war endlich im Haus.

Als sie kurz darauf atemlos aus dem Haupttor trat, war der schwarze Wagen verschwunden. Der Taxilenker schien sich beruhigt zu haben, meinte begütigend, es sei ja noch Zeit genug, den Zug zu erreichen, warum denn die Eile! Die Räder scharrten über den Platz und bogen ein in die Abfahrt.

Nach der ersten Kehre bat Julia anzuhalten. Sie konnte nicht anders. Verließ das Gefährt und arbeitete sich auf allen Vieren zu dem kleinen Aussichtsplatz hoch, der an klaren Tagen gute Sicht über Hänge und Gehwege bot. Nestelte mit klammen Fingern das Fernglas aus ihrem Mantel, suchte damit den Berghang, den Waldrand ab. Durch Tränen hindurch kann man nicht genau sehen.

Der Mann im Auto war ein Fremder gewesen. Verirrt in der unübersichtlichen Landschaft, hatte er nur nach dem Weg gefragt. Den sie erwartet hatte, vermutete sie dort irgendwo zwischen den Stämmen. Den

Faun. Sein weißgeflecktes Gewand, das er gestern getragen, würde ihn auch heute nicht unsichtbar machen.

Endlich! Das war die Stelle! Und dort stand er ja auch, an den Stamm jener Fichte gelehnt, genauso wie gestern. Vornübergeneigt an die Rinde gepreßt, schräg vor dem Leib das Gewehr. Julia drehte und drehte an dem Glas, um ein schärferes Bild zu bekommen, dann fiel durch eine plötzliche Schwäche in ihren Fingern das schöne Gerät in den Schnee. Sie selber glitt aus, dem Glas hinterdrein.

Ein abgesägter Birkenstamm war es gewesen, an die Fichte gelehnt, von sorgloser Hand irgendwo abgelöst oder gebrochen. Mit freiem Auge als menschliches Wesen verkannt, ein schräg überhängender Ast als Gewehr.

Julia sah nichts mehr, sie fing sich, glitt zum zweiten Mal aus. Der Taxifahrer, der von der Straße her alles beobachtet hatte, hielt unten am Fuße des Hangs seine Arme auf und bewahrte sie vor dem Schlimmsten.

Vor dem Bahnhof verschüttete sie, weil die Hände nicht gehorchen wollten, den Inhalt ihrer Börse, aber sie suchte nach und nach doch alles zusammen, um ihren Retter zu guter Letzt zu entlohnen.

Grüezzi...! nickte der freundlich. Und sah verdutzt zu, wie Julia sich ihre Brille zurechtrückte und die Nase putzte.

Mein Schatten

Das Miteinander verflochtener Seelen ist nie bloß in sichtbaren Wirklichkeiten zu denken. Verstürztes, ineinander verschränktes Empfinden, ist ein alles Leibliche weit übersteigendes Phänomen. Ist das aber einmal der Fall, ist Trennung, gewollt oder ungewollt, nicht mehr leicht möglich. Nicht so leicht jedenfalls wie nach gewöhnlichen Einigungen, wo sie oder er vom Einssein im unbequemen Rundum ja ohnedies wieder wegwill, der eine zuerst, der andere fraglos folgend, wenn auch oft in unterschiedliche Richtung. Über solche ist nichts zu sagen.

Seelen aber, deren Leiber mit alledem nichts im Sinn haben, trennen sich schwer, und haben sie bloß geredet mit ihren Augen, kommen sie kaum zu Ende damit. Denn der Abstand des Fleisches genügt nicht, ihre einmal gewonnene Einheit zu stören, der Abstand des einen vom anderen vergrößert sich nicht, selbst wenn eine Eisenbahn oder ein Flugzeug ihn tausende Kilometer weit wegbringt.

Und es gibt Seelen, die in sich selber von vornherein nicht ganz zu Hause sind und so lose im Eigenen wurzeln, daß sie bei geringster Ahnung drohender Trennung bereits wolkenleicht aus sich selber hinausgehen und mitziehen mit dem geliebten Wesen wie Fäden, die sich lösen vom eigenen Knäuel, einfach wegfliegen mit ihrem Du, um haften zu bleiben, wo es ihnen nun einmal behagt und gefällt. Die trägt dann der andere mit sich, so wie er das eigene Ich trägt, sein ganzes Inneres erscheint ihm erfüllt damit, beladen. Manchmal überladen, verzerrt oder beklemmt, je nachdem; bedrängt, gewürgt, wenn nicht gar abgewürgt von seinem unsichtbaren Begleiter. Denn die Schwere des anderen, sein immerfort nahes Dasein, schlingt sich ihm um das Herz und haftet daran, während sein Eigenstes mehr und mehr sich in dem doppelten Seelenknäuel verstrickt. So weiß er sich bald in sich selbst nicht mehr heimisch.

Ich bin gebunden an etwas, das wie ein Faden in mir hängt, doch mag ich mich nicht befreien davon, will es halten. Entgleitet es aus Unachtsamkeit meinen Gedanken, muß ich trachten, es wieder zurückzuholen aus seinem schwebenden Zustand, es wieder anknüpfen, um alles in mir und rund um mein Herz erträglich zu machen.

Habe ich mich derart verfangen in fremden Fäden? Wenn nicht, was ist es, das mich so unruhig macht, wenn einer, der doch in weiter Entfernung lebt, sich bloß ein wenig bewegt?

Schmerzhaft, ja unerträglich, wenn mein Schicksalsfaden - so muß ich ihn nennen - durch allzu große Dehnung sich spannt und womöglich mir abreißt. Unerträglich aber auch, wenn die Spannung sich lokkert. Dann fühle ich mich einsam, weil nur mit mir selber. Trotzdem atme ich auf, und für eine Weile will es gar scheinen, als sei ich von einem Alb erlöst.

Gerade dann aber, wenn ich, scheinbar befreit, mir meines souveränen Daseins endlich gewiß bin, ziehen diese lose gewordenen, gern auch geleugneten, Fäden sich wieder glatt, und ich kann, solange das Unsichtbare in mir sich neuerlich anspannt, nichts gegen diese Verknotung tun, kann nicht her, kann nicht hin.

Natürlich versucht einer gern, zu vergessen, von derlei Anstrengungen auszuruhen, hält Ausschau nach Lichtpunkten, die das verfilzte System durchleuchten, es entwirren. Ordnen vielleicht.

Eines Mittags steige ich in den Bus, der auf den Aussichtsberg einer Stadt führt, die mich ablenken soll von alldem. Ein Ausflug unter Menschen könnte vergessen machen, was mir geschah.

Der Fadenknäuel, der mir im Inneren haftet, zieht die Gedanken aber ab von dem, was sich rundum begibt. Der Blick auf die Wunder der Stadt bleibt verschwommen, so wie er verschwommen war in schlaflosen Zeiten davor.

Eigener Kräfte, die wirksam sein wollen, gilt es sich da zu entsinnen, ich spüre noch ihr Vorhandensein. Nach dem eigenen Seelenfaden, der die Gedanken mir lenken soll, taste ich jedoch vergebens, so sehr hat sich alles verheddert in dem gequälten Ich, abgebogen ins Ungesicherte.

Unmöglich, hier allein zu sein, es will nicht gelingen. Verhaspelt und verschränkt sind unsere Seelen wie zerdehnte, zersplissene Wolle. In immer neuen Mustern verflochten, windet ein doppelter Seelenknäuel sich um sich selber, so als dränge es ihn geradezu in sein Verderben.

Du bist da, mein unsichtbarer Begleiter, bist da wie mein Schatten. Und vor mir die Stadt, und darüber die sengende Sonne. Die vielen Menschen, die überall hier herumstehen, lenken nicht ab, werden unversehens zu Zeugen meiner ohnmächtigen Bemühung. Müssen sie denn nicht das Unheil ahnen, das sich neben ihnen begibt? Müssen sie sich nicht umdrehen nach jenem schleppenden Etwas, das in mir ist, hinter mir herzieht und vielleicht doch irgendwann sichtbar werden muß für alle?

Ach, mein Schatten! Verstünde dich einer zu deuten, wie sehr müßte er sich wundern über so viele Möglichkeiten zu sein...

Manchmal scheint ohnedies jeder zu ahnen, was sich in uns begibt. Mit Augen, denen gar nichts verborgen bleibt. Mein Schatten kann keinem entgehen.

Kann sein, ich irre mich in dem Punkt, doch registriere ich kleine Veränderungen in den Gesichtern der Menschen genau, ich kann nicht umhin, ihre Gesten zu deuten, und ein vermeintlicher Vorwurf findet den Eingang in mich durch schreckweit geöffnete Augen.

Freilich, oft nimmt der Mensch seinen Mitmenschen gleichgültiger wahr als der denkt. Ohne Anteilnahme, auch ohne Urteil. Lebt doch jeder in seiner eigenen Welt, so geht einer am andern vorbei. Schließlich sind wir ja auch versucht, denen rechtzugeben, die sich abwenden vom anderen, um sich selbst zu bewahren.

Beneidenswert jene Menschen, die ganz für sich selber, gelöst und anscheinend unbehindert von jeder Berührung, ohne Kümmernis ihre Schritte tun. Menschen, die ihre karg bemessene Zeit an jedem Ort ihrer Wahl genießen können, zu keinem anderen Zweck, als eigenem Denken, eigenen Freuden, wie immer auch, nachzugehen.

Hier oben, auf der Aussichtsterrasse dieser altehrwürdigen Stadt, gerade als ich mich sicher wähne in dem herrlichen Farbenspiel um mich herum, spürbar ganz eins und ganz ich, da hat es mich eingeholt: jenes an mich geknüpfte, jählings schmerzhaft sich verkürzende Band. Der ziehende Faden, mein Freund, überdehnt durch dein Fortsein, durch meines, ist nicht gerissen...

Und plötzlich bist du mir nah. Erschrocken hinter mich blickend, gewahr ich den Schatten, den ich nur allzu gern als den eigenen verkenne, weil er nicht wegkann, so angeheftet ist er an mich. Habe ich dich hergezogen? Der Zauber dieser Stadt, der mich ablenken sollte: war er nicht wirksam genug?

Die Leute um uns herum wissen das nicht, aber sie halten Abstand, so als stünden an meiner Stelle jetzt zwei.

Nein, nicht von Eberhard rede ich. Nein...

Mit deiner Anwesenheit aber, mein schöner, mein jugendlicher, mein kühler Schatten, kräuselt sich braunes Gelocke neben und oberhalb meiner Schulter, leuchten Wangen, und meine Seele ist fügsam ohne weiteres Zutun.

Nennt einer das Zwang? Bin ich von dir, bist du von mir gezwungen? Wenn ja, warum hast du den Faden nicht längst unterbrochen? Wie oft habe ich selber versucht, das Band zu zerreißen, das so hoffnungslos hält! Schneide es durch, Unsichtbarer, wer immer du bist, Freund oder Feind.

Oder ist es bei dir so wie bei mir schon die Angst vor jenem Zurück, die Angst, nicht mehr sicher ankern zu können im eigenen, schlingernden Ich?

Aber wer weiß schon genau, was ist und was sein

wird! Deshalb halte ich still, geduldig ohne zu klagen, ziehe und zerre nur manchmal hierhin und dorthin, und verstricke mich immer unglückseliger in das, was nun einmal mein Schicksal zu sein scheint.

Die Aussicht von der Terrasse über der Stadt hat mich schwindlig gemacht. Dächer und Kuppeln verschwimmen in milchigem Licht. Die runde Haube des Doms scheint zu schweben wie eine Wolke, alles ist zauberhaft. Bloß, es hilft nicht. Einer muß sich ja erst gewöhnen, die Kunst, die Schönheit dieser Welt, als schützendes Schild gegen die Schwierigkeit des Lebendigseins zu gebrauchen, als gläubig genossene, wundersam wirkende Medizin. Das muß einer erst lernen.

In der Ferne hinter dem Häusermeer tanzen Linien, bläulich und grün, stehen wie fein gezeichnete, aufgerichtete Lanzen am Horizont. Schon scheinen sie näher zu rücken über die Hügel, eine dunkle Kohorte. Nein, keine Sorge, es sind nur Zypressen. Und zu meiner Verteidigung wähle ich spielerisch diese Pinienkronen, die mir so nah sind, die Feigenblätter am Hang, oder die in sauberen Reihen vor mich hingestellten Olivenbäume...

Nicht auszuhalten der Fadenzug zu dir hin! Ich muß diesen Platz verlassen und halte Ausschau nach einem Bus, der mich von hier wegbringt. Die Menschenmenge drängt sich am Einstieg. Einmal drin im Gefährt, tappt meine Hand nach der Halterung. Bergab geht es in Serpentinen.

Wieder unten im Stadtkern, müde, weil mehr als

das eigene Gewicht mit mir schleppend, wandere ich zum Vorhof des alten Palastes und lehne mich samt dem Schattenknäuel, der in mir ist, an eine Wand. Die gibt sich schon kühl von der vorausgewußten Nacht.

Die Leute, die hier so sorglos herumstehen, scheinen das Nichtstun wie eh und je als seligen Müßiggang zu pflegen, in schöner Sinnenfreude und durchaus nicht abgestumpft von allem. So umrahmen sie heiter, beinahe schwerelos einen kleinen Engel in der Mitte des Brunnens, vor dem ich stehen geblieben bin. Sie lachen und äugen ihn an. Der Engel bleibt ruhig, er wahrt Distanz. Ihn schützt das Wasser, das ihn im Becken umgibt, vor aufdringlicher Nähe.

Ein seltsamer Engel. Aus Bronze höchst künstlich gefertigt. Steht da auf dem Sockel und amüsiert sich, ich meine sogar, er grinst über dieser gaffenden Schar; spinnt eigene Fäden von überhöhtem Podest aus, der Schelm! Jetzt blinzelt er auch auf mich herab, aufmerksam und gewitzt, um nicht zu sagen durchtrieben. Seit Jahrhunderten Beobachter auf diesem Platz, Wissender also, weiß er wohl auch über uns beide Bescheid. Nimmt alles zur Kenntnis. Mir ist, als freue er sich sogar über das, was er in uns nicht verkannt hat. Über all diese fremden Schultern und Köpfe hinweg hält er seine Augen geradwegs auf mich gerichtet, das heißt auf uns, mein Freund, mein unsichtbarer Begleiter. Auf dich, auf mich.

Lautlos lacht er. Gibt damit zu verstehen, daß er alles über uns weiß. Schmunzelt maliziös, macht sich durch alle die Gaffer hindurch an mein erschrockenes Herz heran; dreht, raffiniert wie er ist, die Fläche meines jäh sich zu Boden kehrenden Gesichts beinah aus den Angeln und zieht es dann derart gewaltsam zu sich hin, daß es schmerzt...

Jetzt setzt er ein keckes, unverfrorenes Grinsen auf, aber nicht etwa, um so im Einverständnis in meine..., verzeih..., in unsere... dunkel gewordenen Augen zu blicken. Nein, lediglich, um meinen bange flehenden Blick von sich weg zu jenem heiklen Punkt hinter meiner linken Schulter zu lenken, wo du, mein schöner, mein schattenhafter Begleiter, jetzt so überaus anmutig zu verweilen geruhst.

So hat der Kleine von seinem Wasserbecken aus alles entdeckt? Obwohl ich sofort eine empörte Miene aufsetze - verständlich, oder? - versäumt er nicht, das erschlichene Geheimnis mir auf das Gröblichste ins Gewissen zu bringen. Ob er es an die andern verrät? Ich traue ihm einiges zu. Aber was kann man schon tun gegen einen Engel, selbst wenn er so klein ist wie dieser?

Lauthals preist ihn, weithin hörbar, einer der Kunstsachverständigen, die, weil sie vorgeben, alles zu wissen, sich hier überall umtun.

Eros, ach! Nichtsnutz, und keineswegs Engel! Putto..., sage ich höhnisch. Sage es beinahe laut, denn so sieht er nun einmal aus. Putto, wie seinesgleichen auch rechtens genannt wird, mitten in diesem plätschernden Naß bloß als Engel getarnt und eben dabei, mich in ärgste Verlegenheiten zu bringen! Denn von seinem Aussichtsplatz pfeilt er herab und spottet meiner heillosen Welt, seiner selbst durchaus sicher und seiner überzogenen Wirkung. Ja, heiter wie er kann einer leicht sein, wenn ihm, wie hier zu sehen, es ihm an Entgegenkommen, an Liebe, nicht fehlt. Diese Aufmerksamkeit, die er von allen ganz selbstverständlich entgegennimmt!

Die Menschenmenge, die sich um ihn versammelt hat, scheint ihm das aber zu gönnen. Sie bewegt sich fröhlich bis ausgelassen um ihn herum, gestikuliert, plaudert. Nur dort drüben steht einer ganz einfach da und lächelt ihn an, versonnen. Manche halten einander an Händen, zwinkern einander zu, küssen, flirten. Dort schlingt gar einer die Arme um seiner Nachbarin Hals.

Immer mehr Menschen strömen herbei und umstehen den Brunnen, über dessen Becken der Kleine nun gegen mich und meine nur mir bekannte, jetzt natürlich auch ihm offenkundige, höchst vertrackte Position meines Ich, Scherze machen und polemisieren darf, und keiner der vielen, die dabei Zeugen sind, steht mir bei. Im Gegenteil! Sein heimliches Wissen scheint die anderen überhaupt nicht zu stören, bloß noch mehr zu erheitern. Schon erwidern sie sein Lachen dreist, so als stimmten sie ihm zu, verschwörerisch, nicht ohne zwischendurch ihre Blicke auf mich und meinen Schatten zu werfen. Hinterhältige Blicke mit aufdringlich lautem, widerwärtig boshaftem Urteilsspruch.

Verärgert, gekränkt, ja auf das Tiefste verletzt, drehe ich mich weg von dem Brunnen, weg von diesem fragwürdigsten aller Engel, und verlasse jenen kompromittierenden Platz in dem viel zu eng gewordenen Hof. Dicht auf den Fersen mein Schatten.

Es ist Flucht. Nicht nur vor dem Engel. Um Raum zwischen mir und dir zu gewinnen, mein Schatten, laufe ich so. Und ich laufe, so schnell ich nur kann, auf die

Piazza hinaus, springe, um das quälende Etwas, das sich schon wieder in mir spannt und zieht, zu zerreißen, quer über das heiße Pflaster dahin, mit brennenden Augen und ganz geblendet von den sengenden Strahlen der Sonne.

Sag nicht Beatrice

Keine Menschenseele bewegt sich so früh auf den Straßen. Zwischen graugelben, bröckeligen Fassaden ist nichts als der eigene Schritt. Viel zu früh für Touristen, die räkeln sich noch in ihren Betten, und die Menschen hinter den Vorhängen, zwischen geöffneten, manchmal ein wenig schief überhängenden Fensterläden, gähnen noch, stehen vor ihren Spiegeln oder klappern seufzend mit dem Frühstücksgeschirr. Da und dort sind rauchige Stimmen zu hören, hier ein Schelten, dort ein ungeduldiges Rufen.

Gemüseläden, verschlossen. Trotzdem sind die Gerüche von gestern noch präsent, auch die Farben. Das holprige Pflaster ist feucht und klebrig vom Abfall. Orangenschalen, eine zerquetschte Tomate, das bleiche, aufgerissene Graugrün der Artischocke. In der Mitte des Gäßchens ein mäanderndes Rinnsal, darin der Himmel sich spiegeln will und den Blick hinaufzieht zwischen den Häuserfronten bis ins klarste Blau.

Die Gasse ist hier so schmal, daß die steigende Sonne sie noch nicht in allen Teilen erreicht hat. Aber auf die Hauswand neben mir fällt über Schatten bereits die vorauszuahnende Hitze des Tags. Ein Steinportal tritt hervor mit allen Konturen, und plötzlich leuchtet der Türsturz darüber in rosenfarbigem Licht.

Wie viele Jahrhunderte mag er alt sein? Unten, dicht neben der schalenförmig ausgetretenen Marmorstufe lugt ein römischer Grabstein aus der Mauer. Die obere Hälfte ist zu lesen, die untere, grünspanig, bemoost, steckt tief im Grund. Was sind tausend Jahre, oder noch mehr? Ganz anderes ist wichtig.

Das glauben Sie nicht? Dann fragen Sie doch diese Frau dort, die gerade ihre Decken zum Lüften auf das Fensterbrett legt. Oder den jungen Mann gegenüber, der eben vor seinen Vorhang tritt, den Nacken gestreckt, auf die Straße hinunterblickt, während er, sichtlich zufrieden mit sich und der Welt, sein Hemd zuknöpft und vor sich hinsummt. Was mag ihm wichtig sein in diesem Augenblick?

Ich eile, das Ende der Gasse noch vor dem Lärm des Tags zu erreichen, denke an eines der Bilder, das ich gestern im Geburtshaus des Dichters, nur viel zu kurz, mit eigenen Augen gesehen. Die passenden Verse fallen mir nicht mehr ein, die das Erschaute ergänzen könnten, so fühle ich mich jäh wieder ausgeschlossen und fremd in dieser Stadt.

Manche der ehrwürdigen alten, schon seit Generationen hier beheimateten Herren, ich meine den eleganten Anwalt gleich hier um die Ecke, den ich unlängst kennengelernt habe, auch den freundlichen Professor, mit dem er gestern Rotwein getrunken, beschaulich, sie alle können die Textstellen auswendig, nach denen ich frage. Strahlend vor Freude schenken sie mir, dem Gast, ein zweites Mal ein und rezitieren frisch von der Leber weg, so als wären zwischen der Zeit ihres Lieblingsdichters, den Zeiten der Intrigen, Scharmützel und rollenden Köpfe in der Stadt, und dem Heute, keine hundert Jahre vergangen. Ihre Augen hätten sie sehen sollen, als ich sie zu erzählen bat! Den Stolz, den Glanz darin!

Aus den Hauseingängen weht ein kühlender Hauch. Ein Blick in die Höfe lädt noch nicht zum Verweilen ein, aber die Mauern sind schon vergoldet von der Vormittagssonne.

In der Mitte des Gäßchens haben sich Ausgußwässer gestaut, an manchen Stellen glänzt es ölig. Ich zögere vor dem Darüberspringen und setze bewußt Fuß vor Fuß. Das Sonnenlicht kann hier noch nicht schaden, bis Mittag ist es noch weit.

Die meisten Türen stehen offen. Dahinter sind düstere Stiegenaufgänge zu sehen. Tagsüber tummeln sich Kinder hier, aber heute ist Sonntag. Ich darf noch eine Weile allein sein mit meinen Gedanken.

Wieder fallen mir Verse ein, mein Bücherregal daheim. Verse „vom sanften Herzen...", von dem einer der Dichter erzählt. Er bittet den Himmel um Vergebung für seine irdische Suche nach Schönheit und Glück. Gott allein nennt er die Liebe. Und Liebesverlangen und Gottessehnsucht fließen in eins zusammen in dem Lied, denn in seinem Herzen wohnt die Liebe, „wie im Waldesgrün der Vogel wohnt".

Die Häuser scheinen zu atmen, sie gewinnen zusehens an Leben. Unsereiner, bloß hergereist, hat freilich kaum Anteil an dieser, vielleicht auch nur scheinbaren, Harmonie; aber wo immer wir sie zu finden hoffen, halten wir unsere Augen wach, spähen aus nach Bildern, die uns die Alten gelassen, oder greifen selber nach Pinsel und Stift, um die Spur, die sich vielleicht doch noch irgendwo zeigt, festzuhalten, so gut es geht.

Zersprungener Marmor dicht neben einer verwitterten Tür, die verschlossen ist. Rost färbt ihre Beschläge. Und wieder befällt mich, wie schon so oft, die Vorstellung von einer anderen Welt, die imstand ist, den Panzer um uns, Zeichen des Abwehrkampfs unserer Seelen, aufzubrechen ganz ohne Schmerz, bloß auf den verlangenden Ruf hin; und innen und außen wären eins.

Nein, Eile ist nicht vonnöten, nicht feindlich scheint hier die Zeit. Die Luft streicht frisch über Schläfen und Kinn, wenn man im Schatten bleibt. Ich trage das Kleid, das ich gestern bei M. erstanden habe. Durch dieses Nichts an Gewicht und Farbe halte ich mich aus den Widrigkeiten, Bedrückungen heraus und füge mich ein in anderes, das mich an sich zieht.

Nach neugierigem Blick um die nächste Hausecke wird endlich klar, daß mein vorläufiges Ziel erreicht ist. Es ist ja kein gewöhnliches Haus, das dort steht. Und jenes Jahr, Zwölfhundert und fünfundsechzig, einige davor, manche danach, die sind zu suchen! Die Kindheit jenes Dichters, der eine Welt geprägt hat...

Ein Durchgang öffnet sich dicht vor den Augen. Dunkles dahinter. Warum sich mir eine bestimmte Zahl immer wieder in das Gedächtnis schreibt? Neun...

Dort, hinter den Fenstern werden jetzt Stimmen laut. Ein Rufen hin und her. Die Wange dicht an der Mauer, spürt einer bald das Leben dahinter, Erregung, verhaltenes Geflüster. Dann die Tür. Das Drehgeräusch schwerer Angeln.

Wird er sich zeigen, der Knabe?

Nach dem Erklettern des Steinhaufens vor der gekrümmten Fassade der beinahe schon vertraute Anblick. Sein Haus, seine Treppe. Im Geiste auch sein Bild, mir eingebrannt auf der Netzhaut. Und jenes andere. Gestern haben sie es gezeigt. Mit welchem Stolz!

Beatrice. Ich war näher ans Licht gerückt, bis zu dem Punkt, an dem Bildwerk und Gassenansicht im Fensterahmen zusammenfloß. Gestern. Heute ist der Eingang versperrt. Zu früh noch am Tag, aber was macht das schon aus.

Die schmale Gasse ist auf dem Gemälde von oben, in perspektivischer Sicht, dargestellt. Eine Schar buntgekleideter Menschen bewegt sich auf den Vordergrund zu, in ihrer Mitte muß sich das Mädchen zeigen. Die junge Frau.

Mit geschlossenen Augen erinnert sich einer genau. Beim Öffnen wird es lebendig.

Aus dem Schatten des Hauseingangs schiebt sich, wendig und lautlos, ein Knabe, fast noch ein Kind. In ein trübweißes Leinenhemd ist er gehüllt, das ihm gefältelt, von einem Riemen gehalten, knapp über die Knie reicht. Jetzt beugt er sich vor, dreht sich herüber. Ein Ruck geht durch die schmale Gestalt. Dann setzt er entschlossen ein paar Schritte. Was hat er gesehn? Doch nicht etwa mich?

Mein Atem gerät ins Stocken. Nein, nein, ich bin unsichtbar, bin ja gar nicht dabei...

Durante?

Das ist natürlich geflüstert, er hört mich nicht, dem Himmel sei es gedankt! Wie dunkel glänzt doch sein Haar! Sehr genau, fast zu hart gezeichnet, sein ernstes Gesicht.

Jetzt! Diese entschlossene Bewegung seiner Hand,

dieses Zucken der braunen Füße in den Sandalen! Sein Blick ist klar, gespannt, pfeilt an mir vorbei, ohne mich wahrzunehmen. Richtet sich ganz auf sein Ziel. Mich hat er nicht bemerkt. Zwischen uns ist die Zeit.

Ja, so muß es, denke ich, wohl gewesen sein. Und ich glaube den Zeugen, daß an dieser Stelle der Geist seines Lebens, so wie er später vor allen Welten gesteht, zu erbeben beginnt. Seine Stirn flammt auf, seine Augen. Mir, jetzt außerhalb von Zeit und Raum, wird es zum Zwang, ihrer Richtung zu folgen. Was ich sehe ist...

Sie!

Die Straße herauf, geradewegs vor dem Eingang der Kirche, deren Türe schon offensteht, bewegt sich die Menschengruppe. Nicht wenige sind es. Wie die reden, gestikulieren! Einige drängen sich vor, andere wieder treten zurück, bescheiden. Die Straße ist ja nicht breit. Ganz vorne aber, schön gegürtet und geschmückt, das reizendste Geschöpf, das der Meister dieses hohen Bilds je gemalt hat.

Edel ist ihre Haltung. Ihr Brokatgewand prangt in Purpur und Blau. Es knistert, als sie sich wendet und mit leichter Neigung des Hauptes den Blick zu Fernem, noch nicht Faßbarem wendet. Das feine Gesicht trägt ein Lächeln. Hat sie den Knaben am Haustor bemerkt? Sieht sie die dunklen Augen brennen?

Durantes schweißnasse Hände klammern sich ineinander.

Mir schlägt das Herz bis zum Hals. Schwören will ich es hier und auf dieser Stelle, wo ich den beiden verzauberten Wesen so nah bin. Das Geheimnis ihres Erwachens fällt in mich ein wie ein Abguß aus Blei, wird groß in den Gedanken. Wird pulsende Gegenwart.

Natürlich sucht der Knabe nach jeder Gelegenheit, Beatrice zu sehen, hält aber still wie ein Bild, von der Anmut ihrer Befangenheit selber befangen. Sie weiß noch nichts von der Bedeutung dieser Sekunde, die Glut seines Herzens zeigt sich erst später in seiner Schrift.

Reglos verharrt er, für die Ewigkeit. Nichts ist, was den Flug seiner Gedanken wird stören können, denn hier ist der Grund für sein Leben und Schaffen gelegt. Beatrice ist aufgeblüht für ihn und zugleich entschwunden, so schnell wie sie gekommen ist samt ihren Gefährtinnen, ihrem Gefolge. Lebt von nun ab nur mehr in Worten weiter, nicht Eingeweihten unsichtbar für immer.

Und ich? Hat mich der Kleine erkannt? Wenn nicht, was soll dann der abschätzig lange Blick, den er mir zuwirft, als er an mir vorbei zum Kirchenportal hinüberwill? Nicht ohne Vorwurf, wie mir scheint und, was meine Person betrifft, nicht ohne Mahnung. Natürlich geh ich ihm nach. Erhasche ich vielleicht doch noch einen Blick von ihr, von Beatrice?

Beatrices Hand..., sie hebt sich, allein für mich, aus den Falten ihres Gewands, bevor sie entschwebt.

Auch ihr..., sagt sie ernst, und ihr Wort ist gegen niemanden, wenn nicht gegen mich gerichtet. Auch ihr habt Verantwortung, Pflicht...

Die Kirche scheint leer. Zwischen den uralten Mauern vor flackerndem Licht darf ich hoffen, den Bildern, die eins nach dem anderen sich jetzt verflüchtigen müssen und bald schon verdrängt sind, nicht entgegenzustehen. Und es ist gut, eine Weile auszuruhen.

Während das heillose Fingergewirr vor meinem Mund sich endlich löst und herabsinkt, betritt durch die Seitentür neben dem Altar eine Gestalt den Raum. Trägt ein Bündel Fackeln. Ein blasser Mensch, gebeugt, und - wie sollte es anders sein - in Mauern, die von Erinnerungen schwer sind, wünsche ich mir ihn zum Zeugen meiner Verteidigung. Denn ich bin nicht allein.

Der Knabe, unversehens seinem Jahrhundert entschlüpft, atmet immer noch in dem Raum. Aber es wandelt sich sein Gesicht, verwandelt sich in ein anderes. Es ist ein Geheimnis.

Beatrice...?

Natürlich stellt man sich taub. Will hinaus aus der Enge, nichts wie weg. Ahnt doch bereits, wohin das führen kann.

Wie! Du wagst es, obwohl ich in deiner Szene überhaupt nicht vorhanden bin, mir deine Fragen zu stellen? Hast du nicht bemerkt, daß ich unsichtbar bin? Durante?

In diesem Fall: Nein, ich bin nicht aus deiner Welt. Und bist du nicht er, sondern ein anderer, dann erst recht nicht. Was willst du, was wirfst du mir vor? Mir Gedankenarbeit abzuverlangen! Bist du von Sinnen?

Nein, mein Bester, ich sage und tue nichts, was das eigene Seelenheil, das Genügen im Selbst, mir stört. Und du scheinst da einiges gründlich mißzuverstehen. Deshalb, Unsichtbarer an meiner Seite, ist es auch Zeit, deine Hand wieder zurückzuziehen um zu erkennen: diese hier führt dich nicht. Weder dahin noch dorthin, und nie in ein himmlisches Paradies. Nein, nirgendwohin! Könnte ich dich doch selbst irdische Wege nicht führen.

Nein, dem Himmel sind wir nicht mehr verbunden, der Gebete vor Zeiten erhört hat. So erkennen wir auch die Höllen nicht mehr, nicht einmal die in uns selber. Hast du begriffen? Erwarte nichts von mir. Sag nicht Beatrice! Keine von uns ist wie sie. Das Heilige ist uns fremd, wenn nicht suspekt allemal...

Geh deines Wegs! Wie du auch heißen mögest, geh! Sind wir Weiber denn nicht genauso verdammt wie ihr, die ihr euch quält und an uns hängt, blind, noch immer in Hoffnung? Nichts ist in uns, gar nichts, jedenfalls nicht das, was ihr sucht. Wir alle haben das Ziel verloren, den Weg. Unruhig sind wir wie ihr, ungesättigt, und Beatrice, der angeblich Gottgeleiteten, ebenso fern. Irren dahin und dorthin, suchen, wo immer wir Spuren von Kraft vermuten, verwundet, verzweifelt, genauso verlassen wie ihr. Wie du, mein Freund. Genauso einsam.

Du tappst im Dunklen, so wie auch ich im Dunklen unterwegs bin. Mit kurzem Innehalten vielleicht, dort, wo Irrende flüchtig einander begegnen, aber das ist bald vorüber. Der Zauber des Ewigen bleibt für immer verloren, ja. Auch für mich. Zu suchen vielleicht noch in Bildern, vor denen wir ab und zu stehenbleiben in Galerien, Museen, ratlos, verschämt.

Du glaubst mir nicht. Ach! Was meinst du denn, Kind deiner Zeit, warum wir, die Koffer jederzeit griffbereit zwischen den Türen und schnellstens gepackt, so viel reisen müssen auf dieser Welt, ja gar nicht mehr aufhören können damit?

Geh deines Weges, Freund! Schau mich nicht an! Träum von den Bildern, den alten, schönen. Such vor Skulpturen, such in Versen vielleicht...

In welchen, fragst du?

Nein, ich bin nicht verlegen. Keineswegs. Es gibt sie, die Dichter. Beweis? Nun, ich öffne jetzt diese Tasche für dich, du wirst überrascht sein.

Was siehst du?

Vergil. Na eben. Und nun schau nicht gar so erschrocken!

Abgeschüttelt sind Forderungen. Abgeschüttelt jede Hand, die fordert. Deshalb... sag nie..., nie wieder sag Beatrice zu mir!

Der Schuß

Als der erste Schuß fiel, durchfuhr mich mit einem unbestimmbaren Schmerz auf der sonnendurchtränkten Haut zugleich ein heißes Brausen des Bluts, paradoxerweise beinahe so etwas wie Siegesgefühl, Triumph über jählings zerspringende Fesseln, endlich durchbrochenes Gleichmaß der Tage. In dieser Sekunde fiel die alte, verkrustete Form von mir ab, und wie es im nachhinein jetzt erscheint, das ganze beengende, dicht verknotete Rasternetz meines Lebens mitsamt seinen zähen Verflechtungen, Rücksichten, Regeln und Ritualen, in das ich mich mit der Zeit immer zwingender, immer gültiger gedrängt sah. Mit diesem Schrei am Rande der Straße war ich außerhalb alles Gewohnten, befreit, wenn auch im ersten Moment noch keineswegs klar schien, wovon. Und doch, so tief war der Einschnitt, so erschütternd, daß es fast wie ein endgültig trennender Riß durch das Leben hindurchging. Mit diesem Knall also begann meine Freiheit, vor der ich erst aufschrie, von etwas getroffen, das ich nicht hätte nennen können, für das mir der Preis aber nicht zu hoch erschien. Ein Taumel befiel mich, es war fast wie Glück.

Furcht kannte ich damals noch nicht, viel eher hätte man es Überraschung nennen können, wenn auch von ziemlich extremer Art, mit Herzklopfen natürlich, und einer urplötzlich einsetzenden, wahnwitzig wilden Begier nach Neuem, ja selbst nach Gefahr.

Das Mittagslicht zuckte im Laubwerk der Lindenallee, die Schatten der lichtdurchlässigen Zweige zitterten über dem Gehsteig. Ein wenig schwindelte mir, und die Hauswand zu meiner Linken wölbte sich auf, als die rechte Hand, noch im Riemen der Schultertasche verfangen, auffuhr wie ein stockfremdes Ding, steil hochschnappte, hinauf bis zur Brust und wieder zurück, wie irre geworden an etwas, und dann erschlaffend herabfiel.

Seltsamerweise reizte das alles zum Lachen. Mein Gott, es ist wahr, dachte ich, es ist wahr...

Erinnerung überkam mich wie eine weiche, rosenfarbige Wolke. Dem Verstand bleibt es anscheinend erspart, sich an den Rätseln des Lebens zu üben, wenn die Kraft des Fühlens allein schon über Unwägbarkeiten hinwegträgt.

Das Ticken meiner Absätze auf dem Asphalt verriet mir den unbeirrbaren Gang meines Körpers. Ich vermied den Blick nach rechts und über die Straße. Selbstbeherrschung, dachte ich, ist ja noch immer Gebot.

Ich glaube nicht, daß ich jemals Gültigeres, Nachhaltigeres empfunden habe, selten auch Friedfertigeres. Verkettung von Liebe und Haß, die Logik ihrer Aufeinanderfolge sowie ihrer Umkehrungen, schienen mir so natürlich und selbstverständlich wie die dem scheinbaren Chaos der Natur zu tausend vielfältigen Formen entwachsenen Lindenblätter, die vor und neben meinen Füßen, Zeichen ausklingenden Sommers, den Gehsteig bedeckten; jedes einzelne für sich keineswegs ungeordneter Wildwuchs, sondern durchaus sinnvolle Ordnung, geheimnisvolles, von Ewigkeiten her vorprogrammiertes, wenn auch in diesem Augenblick schwer zu erklärendes Gesetz. Der Boden warf das Geräusch meiner Schritte zurück, gleichmäßig, im Takt.

Mag sein, ich hätte etwas unternehmen sollen, Ausschau halten vielleicht nach Passanten, die Zeugnis hätten ablegen können und derartiges mehr. Aber ich dachte nicht daran, und um nichts in der Welt hätte ich diesen Zustand, diesen einen, einzigartigen Einklang meiner Natur mit der Welt, unterbrechen mögen. Es waren durchsichtige Sekunden, und die Harmonie in meinem Inneren ließ bewußt jede Möglichkeit zu. Merkwürdigerweise war die Straße fast menschenleer.

Etwas Unsichtbares, Hartes, war gegen die Mauer geklatscht, war dort eingedrungen oder abgeprallt. Ich blutete ein ganz klein wenig am Oberarm, mehr zeigte sich auch Minuten später nicht, nachdem ich das Haustor erreicht hatte und gleich darauf oben stand vor dem Spiegel, so oft ich mich auch drehte und wendete. Nur eine unscheinbare, kaum merkliche Kratzspur war da, so wie sie etwa ein Gang durch Gestrüpp hätte hinterlassen können, oder ein zufällig eingerissener Fingernagel, schlecht manikürt.

Als ich mich endlich gefaßt hatte und eines jähen Gedankens zufolge die Treppe wieder hinunter, den Gehsteig entlanglief zu der Stelle, schienen die Spuren verwischt. Nur Staub lag da und Abgebröckeltes, aber der schadhaften Stellen waren so viele, und die Blätter auf dem Boden gaben kein Zeichen. Ich hob ein paar davon auf und betrachtete lange die erregende Vielfalt ihrer Rippen. Phantastisch, dachte ich, einfach vollkommen! Die Linien der Blattränder in meiner Hand änderten ihre Formen, ihre Farben, ihre Konsistenz.

Zwei vorbeischlendernde Kinder setzten diesen Betrachtungen schließlich ein Ende. Sie fragten nach der Uhrzeit und kamen dabei so nahe an mich heran, daß ihr Atem meine Finger berührte, und so auch das letzte Blatt den zitternden Händen entfiel.

Es waren sichtlich Geschwister, die Konturen ihrer Brauenbögen glichen einander auf ähnliche Weise wie Lindenblätter einander gleichen. Die Gegensätzlichkeit von Gefühlen hatte noch keine Spuren in ihre Gesichter geprägt, das Auseinanderdriften von Wünschen und Wollen hatte die Einheit in ihnen noch nicht gestört.

Langsam ging ich zurück. Was, als damals der Schuß fiel, tatsächlich auf der anderen Straßenseite geschehen war, hat sich in meinem inneren Auge zu einem ungenauen, merkwürdig verschwommenen Bild verdichtet: viel Weiß und, wie in verwaschenen Aquarellen, Spuren von verblassendem Blau, Andeutungen einer Bewegung hinter dem Rund eines Lenkrads, Drehung eines hellen Halses unter glattem Gesicht, waagrecht ein Autodach..., blitzartiges Wegtauchen zurück in den Schatten, in die Unsichtbarkeit.

Und dann das Heulen des Motors. Wolken von Staub! Staub, das war alles. Ich habe wirklich nichts weiter erkennen können.

Ich hätte nichts weiter erkennen wollen.

Schweigen

Erinnerungen gibt es, die nicht verblassen, vielmehr sich in unerklärlicher Weise verdichten, um noch nach Jahren und aus der Entfernung das Bewußtsein zu füllen, so sehr wir sie auch in die hintersten Winkel unseres Selbst verbannen mögen.

Es begab sich an einem jener glühenden Hochsommertage, an denen man, ungestört bei sich selber, gern die Wimpern herabläßt und in eigenen Räumen jeden Lufthauch genießt, der zwischen vertrauten, und friedfertigen Dingen leise die Hitze vertreibt.

An dem Ort, von dem hier die Rede sein soll, war zum beschriebenen Zeitpunkt dies alles nicht möglich.

Das grelle Nachmittagslicht brach durch die Fenster der Bibliothek, die Umrisse der hohen Regale rundum verschwammen in wabernder Glut. Ab und zu drehte ich während der Arbeit den Kopf zur Seite, um den Menschen, mir schräg gegenüber, im Gegenlicht besser erkennen zu können. Seine unerwartete Anwesenheit trieb mir das Blut zu Kopf.

Vor und neben sich hatte er Bücher und Manuskripte gestapelt, so als wolle er hinter der Mauer von Papier vor einem Feind in Deckung gehen, während ich auftragsgemäß, arglos, die Recherchen für Wögerers Vortrag vorantrieb und, der Müdigkeit halber, nur ab und zu blinzelnd aufsah.

Mit dem Weiterrücken der Sonne verschob sich der Lichtstreif, der vom geöffneten Fenster her auf meine Augen fiel, und so konnte ich deutlich erkennen, was es zu erkennen gab.

Ich hatte nicht gedacht, daß er so jung war. Die gebräunte Haut seiner Stirn wie der Wangen hob sich deutlich von dem Silberblau seines Gewands ab. Den von braunen Locken überrieselten Kopf hielt er gesenkt, auch die Lider. Kein Zeichen des Wiedererkennens. Dennoch schien sich, zugleich mit erhöhter Wachsamkeit, auf seinen Lippen etwas wie der Ansatz zu einem Laut zu formen, wenn auch vorerst nur stumm.

Warum ich so sehr darauf aus war, ihm ein Wort des Grußes oder auch nur irgendeine Reaktion zu entlocken, kann ich nicht sagen. Er jedenfalls durfte sicher sein, daß von meiner Seite nichts derartiges zu erwarten war. Es müßte sich denn von selber ergeben, dachte ich. Wie war sein Name?

Trotzdem streckte sich, ohne den ausdrücklichen Befehl des überhitzten Gehirns abzuwarten, meine zuckende Rechte nach dem Papier aus, das zufällig zwischen mir und dem Mann lag, und das ich für ein ihm zugehöriges, bloß an falscher Stelle des Tisches liegengebliebenes Manuskript hielt. Das reichte ich ihm hinüber, seiner erschrockenen Geste nicht achtend.

Nur weil er von sich aus doch niemals ein Zeichen gesetzt hätte, tat ich es. Dachte ihm damit eine Gefälligkeit zu erweisen als Ausdruck von Unbekümmertheit, auch von Verständnis für sein beharrliches Schweigen.

In diesem Augenblick war ich jedoch nicht mehr sicher, ob es sich bei ihm tatsächlich um Schüchternheit handelte. Etwas anderes trat in sein Gesicht, das nicht zu dem Bild paßte, das ich mir voreilig von ihm gemacht hatte.

Zunächst erschrak ich vor der dunklen Farbe, die sofort sein Gesicht überflog. Auch die Augen darunter mußten jetzt dunkler als damals sein, als sie - waren es Wochen, Monate, Jahre her? - auf jenem Uferweg an dem See, ich erinnerte mich genau, wie flüssiger Honig mich durchzogen. Der Gedanke daran erweckte immer noch ein gewisses, nicht nur unangenehmes, Gefühl, ich nannte es Neugier.

Derartiges ließ ich jetzt aber nicht aufkommen, wußte ich doch zu genau, daß es unmöglich sein würde, die Spannung, die sich daraus ergab, zu erleiden. Und so legte ich einfach den Zeigefinger auf die Skizze in meinem Notizbuch, versuchte mich auf Zusammenhänge zu konzentrieren und arbeitete weiter.

Die Bewegung mir gegenüber hatte zu diesem Zeitpunkt bereits begonnen. Der straff über die Schultern gespannte Hemdstoff schien an den glatten Stellen, aber auch an Bauschungen, die sich zufällig ergaben, geradezu zu vibrieren. Die Aufsplitterung von Farben auf dem dünnen Gewebe zeigte sich, bei dem Lichteinfall vom nahen Fenster her, als enorm. Ein begabter Maler hätte das malen können.

Der Mensch gegenüber atmete hörbar, er drehte sich, wohl ein wenig nervös, auf seinem Sessel hin und her, sein Oberkörper, über dem Manuskript, richtete sich auf. Dabei zeigte die dünne Seide, die ihn umgab, ihr besonderes Licht- und Schattenspiel. Das alles überforderte bei mir die gewöhnlichen Wahrnehmungsmuster bei weitem.

Sein Haar: Wie der Balg eines Wildtiers im Fadenkreuz, dachte ich, das sich plustert und sträubt vor dem Feind. Vielleicht war es ja gar nicht sein Manuskript, das ich ihm da hinübergeschoben habe, vielleicht macht er mir bloß etwas vor. Kann sein, er fühlt sich durch meine Anwesenheit zu einer Reaktion gezwungen und weiß jetzt nicht, was er tun soll.

Wegen der Hitze im Raum begann das Blut in meinen Schläfen spürbar zu pochen. Derartiges merkt Gott sei Dank keiner.

Hastig blätterte ich die nächste Seite des Folianten auf, der vor mir lag, hätte aber um nichts in der Welt sagen können, was darin zu lesen stand. Es war auch nicht klar, warum dieser Band überhaupt auf diesem Tisch lag. Ohne erklärbaren Grund war ich aus dem Konzept geraten und außerstande, das in der Eile falsch entnommene Buch an seinen rechtmäßigen Platz zurückzumanövrieren.

Erst nach geraumer Weile kehrte der Mut zurück, meinem Gegenüber offen in das Gesicht zu sehen. Der eben noch verzerrte Zug um seine Lippen wirkte jetzt merkbar entkrampft. Fein, dachte ich. So ist doch alles in Ordnung. Immer die störenden Zwischenrufe eines überdrehten Gewissens...

Offenbar hatte er mehr Glück mit seiner Arbeit als ich. Die runde, wie bei einem Kind etwas vorgewölbte, Stirn begann vor Arbeitseifer zu glühen, die Hitze trieb Schweißperlen auf die Wölbung des oberen Lippenbogens. Nichts Außergewöhnliches bei dieser Temperatur. Auch mein Taschentuch war ja, wieder und wieder an Stirne und Hals gepreßt, feucht.

Er arbeitete unermüdlich, das war zu loben. Nur in der Bewegung der Lider zeigte sich, daß noch eine andere Spannung in ihm war, eine gewisse kokette, nicht ganz ohne Absicht zur Schau getragene Gleichgültigkeit, deutbar vielleicht als verborgene Unberechenbarkeit seines Wesens.

Schöne, weiche, durchaus eigenwillige Züge. Schwer zu sagen, ob es wirklich nur das war, wodurch er sich von den anderen jungen Leuten unterschied. Anzunehmen, daß bei ihm nicht wie bei anderen ein wohlfunktionierender Intellekt den Körper, vielmehr eben dieser und jenes Dunkle, das hinter dem breiten Stirnknochen sich verbarg, den Verlauf seiner Bewegungen lenkte. Wie etwa den unsicheren Griff der erhobenen linken Hand, die unschlüssig tastend nach etwas zu suchen schien, das gar nicht vorhanden war. Mir etwas näher und deshalb genau zu verfolgen, schob sich gleichzeitig seine gepflegte Rechte, leicht affektiert, wie mir schien, den kleinen Finger lächerlich aufgespreizt, ohne erkennbares Ziel über den Tisch.

Bewegungen eines Träumers, eines Schlafwandlers alles in allem, die jedes Gegenüber hätten warnen müssen. Ungezähmte, auf Grund seiner Jugend noch nicht ganz harmonisch zur Wirkung gelangte Körperlichkeit. Dennoch, dieses anscheinend gezielt eingesetzte Spiel der Nackenmuskulatur, der Arme, die feinen Drehungen der Gelenke...

Die Knöchel seiner plötzlich zur Faust sich schließenden rechten Hand wölbten sich weiß. Also mußte er wissen, daß ich das alles sah. Wozu sonst so viel Aufwand? Fünf dünnhäutig braunrosa schimmende Fingerkuppen hoben sich fächerartig vom Buch auf, um sich unversehens zusammenzuziehen in der Luft, flattrig, wie die Fänge eines eben flügge werdenden Vogels.

Das alles konnte natürlich auch durchaus unbewußt

so vonstatten gehen, kein Zweifel. Der scheue Blick blieb weiterhin wimpernbedeckt.

Trotz dieser verhaltenen Art, so wunderte ich mich, wirkt er erregbar, leicht über die Stränge schlagend. Überbordend, wenn nicht gar maßlos. Ja, das war das entsprechende Wort. Maßlos! Maßlosigkeiten. Das bedeutete aber nicht notwendigerweise schon Ausbruch von Wut oder Zorn?

Seltsam. Von alledem blieb diese Stirn, wie es schien, völlig unberührt, so als sei sie gänzlich unbeteiligt an allem. Der Mund blockte beharrlich jedes längst fällige Wort ab. Kein Gruß, kein Zeichen. Nichts. Was hindert ihn daran, zu sprechen? Erinnert er sich nicht?

Gut, mag er schweigen, solange er will. Außerdem weiß ich nicht einmal seinen Namen. Oder doch? Er heißt doch nicht etwa... Liv? Abgeleitet von Livius, oder so ähnlich? Natürlich frage ich ihn nicht darum, hat er mich doch nicht einmal zu begrüßen geruht. Warum auch. Nein, gar nichts werde ich fragen.

Jetzt erst fiel mir die eigenartige Zeichnung auf, die er zwischen aufgeschlagenen Büchern zu betrachten schien, winzige Kreise, daneben spitze, vielleicht gerade auseinanderberstende Formen, jedoch alles Teile eines einst ungeteilten Ganzen. Ein Vogelgerippe war es, genauer gesagt, ein einzelner Flügel, doch in verschiedenen Fertigungen, zartester Linienführung. Ein Vogelflügel, die feinen, fleischlosen Fächer schrecklich aufgebläht, alles in allem jedoch nichts anderes als eine widersinnige Aneinander- und Übereinanderreihung von Knöchelchen, Knochen.

Der schale, abgestandene Geruch im Raum trug wenig zu meiner Konzentration bei. Trotzdem ging die Arbeit jetzt zügig voran, die Minuten vergingen, oder wer weiß, vielleicht Stunden, beim Schreiben und Denken, Blättern und Suchen.

Die Sonne verschwand von den Fenstern, es wurde kühler im Raum. Aus dem Scharren der Stuhlbeine rundum war zu entnehmen, daß etliche Besucher sich aus dem Raum entfernten. Unversehens hatte der Eifer, den der Mensch, mir gegenüber, an den Tag legte, auch auf mich übergegriffen, alles um mich herum begann sich zu verändern.

Plötzlich konnte ich mir dieses Gesicht, das ich von jenem Augenblick auf der Seepromenade her doch ganz genau kannte, selbstverständlich auch wiedererkennen mußte, schon gar nicht mehr vorstellen. War dieser Mensch nicht aus dem Schilf gestiegen im Sonnenglast? Unter goldgrünem Blattwerk ein kringeliges Kastanienbraun, schimmernd über der Stirn, beglänzt vom Mittagslicht. Handelte es sich überhaupt um ein und dasselbe Wesen, und nicht bloß um einen Unbekannten, dessen irritierende Ähnlichkeit mit einem anderen die Sinne täuschte? Das war zu ergründen.

Deswegen mußte ich einmal noch, nur ein einziges Mal, Augenschnitt und Profil sehen. Dann wüßte ich alles. Auch daß bei ihm, so wie bei mir... - wie würde sich das nur je in Worten ausdrücken lassen - Sprechen und Schweigen ein Leiden war, um nicht zu sagen ein Elend; in dem einer ausharren mußte, bis der Hunger nach Laut oder Sätzen durch irgendetwas Außergewöhnliches gestillt war. Bis diese Sprachlosigkeit sich endlich mit Worten zu füllen begann und davon überging...

Lampen blinkten auf, blinkten ab und wiederum

auf. Aus der Ferne war etwas zu hören, das wie die Stimme der Bibliothekarin klang, die ich kannte, die mich aber nichts anging. Ich beachtete sie nicht. Die Zeilen und alle die vielen Buchstaben schwammen vor meinen Augen, ich mußte sie schließen.

Beim Öffnen sah ich den schwarzen Spiegel einer Pupille dicht über mir. Um diese herum, im Schein der Lampe, glashelles Augengold, in dem aller Glanz dieser Welt lag samt Wahnsinn und Aggression, und in das ich mich langsam, unendlich langsam und vorsichtig einschob, mich aufgab darin. Verschwand.

Dann war ich wach. Ein Blick rundum und in die Leere des Raums klärte schlagartig die Situation. Selbst auf dem Gang vor der Tür waren die Lampen gelöscht. Ein samtschwarzer Himmel hing vor den Fenstern, durch die ein kräftiger Lufthauch hereinzog. Der einzige Lichtquell an dem Tisch vor mir erhellte aber genug.

Was dann gesagt worden ist, ob er oder ich als erstes zu sprechen begonnen hatte, bevor es geschah, wußte ich später nicht mehr. Konnte es auch nicht mehr wachrufen in meinem Gedächtnis. Ich sah nur die schwärzliche Blutlache vor meinem Gesicht, sah sie als warme, süßliche Flüssigkeit wegrinnen von meinem Mund, während sie breiter und breiter wurde in jener unendlichen Tiefe zwischen mir und allem, bevor ich, gelöst aus der eigenen Schwere und leicht, ein kaum hörbarer Schrei, durch das offene Fenster zu den Sternen hinaufzog.

Limonen

Limonengeschmack im Mund weckt sanft aus der späten Siesta. Zusammen mit langsam sich lösenden Zuckerkristallen kreist ein Silberlöffel im Glas und läßt alle Schärfe vergessen. Beschaulich dem Singsang rotierender Eiswürfel hingegeben, den kleinen quirligen Kräuselungen platzender Schaumblasen, grabe ich mich in die bunte Polsterung eines Korbstuhls. Wasserfrische klärt die überreizte Phantasie, selbst die alten, schon so viele Male zerdachten Gedanken. Und während ein gestreifter Strohhalm quer durch verwischte Träume geht, berührt mich wieder verloren geglaubtes Wissen von möglichem Glück.

Ausgespart in den wiedererstandenen Bildern bleiben die Stellen, wo das Sonnenlicht blendet, weil der fransengeschmückte Schirm über dem Tisch nicht ganz ausreicht, sodaß die trägen Lider sich schließen und erst wieder auftun, wenn eine andere Realität gesiegt hat: ein kaum zu löschender Durst. Dann verrinnen die gelbgrünen Wasserfarben vor geröteten Augen, fließen, verfließen und finden sich wieder in kleinen, bedächtigen Schlucken.

Auf dem Gehsteig, dicht hinter dem Korbgestühl des Cafés, seinen Tischen, hat sich in den Menschenketten, die meine Insel umkreisen, ein Knäuel gebildet. Verflicht und verdichtet sich, bewegt sich vor hitzeglühendem Grund als ein unerwartetes Bildmotiv.

Ein lichtes Leinensakko mit gelbem Strohhut darüber bildet den Kern. Unter dem Hut ist ein schmales Gesicht zu erkennen, die Züge sind jetzt noch nicht unterscheidbar. Rundherum schließen bewegliche Linien sich zusammen, überschneiden sich Winkel. Eine Vielzahl von Armen und Schultern zieht dahinter vorbei. Schon stellt, was zu sehen ist, die sanfte Limonenfärbung meines Traumes in Frage, noch mehr den flottierenden, ohnehin irritierbaren Geist.

Der alte Herr dort in der Mitte der Gruppe, der gelbliche Sonnenhut mit dem Band, ein von der Bewegung um ihn herum ablesbares, hurtig hin und her sich wendendes Frage- und Antwortspiel. Die lebhaften Augen des Alten, die seine jugendlichen Begleiter mit jedem Wort zu umfassen scheinen: von irgendwoher scheint mir das alles bekannt.

Die Jungen überragen den schmächtigen Mann um mehr als um Haupteslänge, verdecken durch unbekümmertes Gestikulieren alle erahnbaren Zeichen. Trotzdem, das Wesentliche dieser Szene kann meiner Aufmerksamkeit nicht entgehen. Umso dringender die Frage: Hat auch er mich erkannt, so wie ich ihn erkenne?

Überraschung und Neugier zucken sogleich in den Fingerspitzen, lassen sie von dem Glasrand heruntergleiten, so als gehörten sie nicht mehr sich selber. Unsicher suchen sie an der Tischkante Halt, erwarten vielleicht schon von anderswoher ihre Befehle.

Ein Irrtum? Erfindung eines unerforschlichen Zufalls, umso rätselhafter, weil ohnedies bald verschwunden? Vielleicht ist es die Hitze, dachte ich, ihre Wirkungen auf das Gemüt. Ausatmen also, schnell die rechte Hand auf den Puls der linken gelegt, die Ruhe muß wiederkehren. Wäre wohl besser, die Bilder einer lebbaren Welt in sich selber zu suchen, statt außerhalb.

Auf Papierspitzen über dem Silberglanz eines Tabletts stehen zwei ungleiche Krüge, der rechte groß und wohl gefüllt mit perlendem Wasser und Eis, der linke, kleinere der beiden, überströmend von goldgrünem Saft und Duft der Limonen. Auf dem Papier darunter hat sich eine glitzernde Lache gebildet, die Fingerspitzen nehmen darin ein kühlendes Bad.

Der Kellner hat ein faunisches Lächeln aufgesetzt, er weiß, wie das ankommt. Er jedenfalls ist keine Fata Morgana, sondern körperhafte, durchaus faßbare Gegenwart.

Figuren scheinen, wie Schatten hinter einer Glaswand, sich hier überall zu bewegen. Sie wechseln die Tische, kreuzen einander und gehen in alle möglichen Richtungen fort. Frauenkleider, ein verschwommenes Durcheinander von Farben.

Es ist nichts, denke ich. Gar nichts. Es muß ein Irrtum gewesen sein.

Entlang eines buntgestreiften Strohhalms gleiten von ihren Zwängen gelöste Gedanken aber bald wieder frei und heiter dahin, umspült von Luftgebilden der Sorglosigkeit. Aufsteigend, gleich einem Schwarm von Fischen und diesen ähnlich, tummeln sie sich in seltener Leichtigkeit, tauchen auf und unversehens ab in munterem Spiel. Kreisen in kühlem, lichtdurchbrandetem Wasser, wo in den trüben Resten der ausgequetschten Frucht noch Geheimes blinkt, bis in verdeckte, versteckte Nischen des Selbst, die nicht leicht zu erreichen sind ohne gefährliches Schattenland zu durchstreifen, das jähes Glück in Sekundenschnelle wieder begrenzen und hemmen kann.

Irgendwann muß das Eis im Gefäß zerfließen. Die Lippen, warm von pulsendem Blut, schließen sich um den blau und gelb bebänderten Halm. Die kleiner werdenden Kältekristalle beginnen zu tanzen, zu taumeln und prallen klirrend gegen die Glaswand.

Zwei Möglichkeiten gibt es: aufzutauchen von drohenden Abstürzen, wieder ans Sonnenlicht, in beweisbare Wirklichkeiten; zu leben darin, zu sterben, oder, tiefer noch, immer tiefer abzudriften in ein Nichts, das vielleicht wider Erwarten doch Schönheit verspricht, die alles löst, erlöst, aufnimmt und tröstet mit dem Gesang des Todes.

In solche Gründe gelangt, sind klare Linien nicht genau unterscheidbar. Die Tiefe lastet und drängt die Gedanken in undurchschaubares Dunkel, Vorstellungen gegeneinander und aneinander vorbei. Ein Tasten ist das, ein Stoßen ins Leere, weil immer neue Hindernisse vor dem geblendeten Auge sich auftun. Zeichen blinken. Schwärme von Fischen vernebeln den Blick. Einer kann sich noch glücklich preisen, wenn er in diesem Auf und Ab ein Nächstes vor sich erkennt und ist erleichtert, wenn es im Dickicht des Traumes ihm wieder entschwebt und ihn freigibt. Erst beim Höhertreiben und Atemholen fühlt er sich besser, wenn endlich klärende Helle sich um seine Stirn legt...

Mir war, als zöge in diesem Wasser, durch einen Schwarm von blaugelb und schwarz bebänderten Fischen beinahe verdeckt, die Maske eines Tauchers vorbei. Sein wendiger Leib, der in schwarzen Flossen endete, hielt durch Tang, Felsspalten und verwucherte Löcher, das perlmuttfarbige Naß zerschneidend, direkt auf mich zu. Er hatte den rechten Arm vorgestreckt, und die Hand, die eine gezackte Harpune trug, warf sich mir blitzschnell entgegen. Die scharfen Spitzen fuhren mir durch das Herz, und eine unbekannte Kraft zog daran, sodaß spontane Bewegung in dem immer dichter werdenden Fischschwarm nur mühsam gelang. Ich kam nicht los, ich hing an einer Leine, es war fürchterlich.

Oben schwankte ein Boot, das ich zappelnd und um mich schlagend, nicht wahrgenommen hatte, und dem ich nun auszuweichen bemüht war, während das Gewicht meines Leibes hart gegen die Planken schlug und ein ungewohnter Glanz meine Augen traf und blendete, so daß ich nichts mehr erkennen konnte.

Aber er, von dem ich jetzt reden muß, hatte Helfer an Bord. Die warfen den Kescher. Darin hing ich nun, wehrte mich, bis ich atemlos war und nicht wußte, wie mir geschah. Oben schälten sie mich dann heraus, zogen an dem Eisen, das in meiner Brust stak. Merkwürdigerweise fühlte ich keinen Schmerz, und da war auch schon eine Stimme, die alles lenkte, ordnete und befahl.

Fürchten Sie nichts, sagte der Taucher, der steil über mir stand. Ihre Kraft wird wachsen, die Wunde, die meine Harpune Ihnen beigebracht hat, wird sich schließen, noch vor dem nächsten Möwenschrei.

Die Sonnenwärme, die mich erfaßte, trocknete nach und nach mein Gesicht, das Haar und den schuppigen Körper. Vorsichtig öffnete ich die Lider. Da war nichts als ein Strahlen ringsum und der Glast eines schrecklichen Himmels.

Dann sah ich ihn selber. Er hatte sich von seiner dunklen Maske befreit, das Tauchgewand abgezogen, und lehnte, um mich jetzt anscheinend nicht mehr bekümmert, seine Ellenbogen, die erstaunlicherweise menschlichen Ellenbogen glichen, rücklings aufgestützt, an der Reling. Das Wasser rann schillernd über seinen zerfurchten Körper herab, und der Glanz in den Augen, die in die Ferne gerichtet waren, kam nicht von Tränen, die er über mich weinte, sondern von hochauf gischtendem Wasser, dessen Gewalt im Erzittern des Bootes, aber auch in mir selber zu spüren war. In meinen Ohren rauschte noch seine Tiefe.

Ohnmächtig klatschten meine Flossen gegen die Schiffswand, während das schwere Blut, mit jedem Atemzug, von innen her gegen die Wände seiner Gefäße schlug...

Irgendwo, irgendwann war ich ihm schon begegnet. Die liebenswürdige Art, mit Wesen zu sprechen, die seine Nähe nicht hatten meiden können, schien mir seit langem bekannt. Ozeanforscher sei er, hatte man mir damals gesagt, Gelehrter. Ratgeber, der alle Ungeheuer der Tiefen kennt und sie dennoch weder fürchtet noch haßt. Sein Gesicht schien erfüllt von einer Güte, die aus dem Wissen kam.

Meine Augen suchten nach einem hellen Strohhut in seiner Nähe, aber er mußte ihn weggelegt haben, anscheinend brauchte er ihn nicht mehr.

Die Männer und auch einige Frauen, die ihn umstanden und an Körperhöhe überragten, stellten ihm Fragen, ernst und voll Ehrfurcht, und er antwortete in kurzen Sätzen mit klarer, wenn auch zurückgenommener Stimme. Sie nannten ihn Professor. So würde auch ich ihn künftighin nennen, und ich staunte und wunderte mich, wie er nun, deutlich sichtbar für alle, gleich einer aus dunklem Holz geschnitzten Galionsfigur am Bug jenes Bootes stand, das er zu befehligen schien. Wassertropfen beglänzten die hageren Schultern, die jetzt aber kraftvoll und schön erschienen durch die Leichtigkeit ihrer Bewegung und den heiteren Geist, der sie umgab. Begann er zu sprechen, wirkte er körperlos, gleichsam ohne Gewicht. In seiner Haltung aber lag alle Würde der Welt, alle Güte, zugleich alle Distanz.

Ich fühlte mich schwach und hilflos in meiner Ungestalt. Mein ganzes Wesen schwankte hin und her, schaukelnd über dem Bodenlosen. Aber was konnte ich mehr verlangen, als gerettet zu sein?

Es schien, als habe er meine Gedanken erraten, denn er stieg herab von der Höhe.

In diese Welt wollte Ihnen freilich keiner folgen, sagte er plötzlich, und sah mich von der Reling her nachsichtig, fast ein wenig belustigt, an. Aber ich war in der Nähe. Haben Sie das gewußt?

Zwischen ihm und mir begann damit etwas Form anzunehmen, das man vielleicht hätte Wirklichkeit nennen können, wäre dieses Wort in meiner Situation nur passend gewesen. Diese Wirklichkeit verdichtete sich noch durch eine frische Brise von Backbord her und verdeutlichte sich durch den dröhnend harten Anprall des Wassers auf den hölzernen Planken.

Ich weiß, stammelte ich, ich habe Sie gleich erkannt. Und wußte zugleich, daß die Nässe mein Gesicht schon verlassen hatte, daß es in der Wärme weich und beweglich wurde, die starren Wangen, die fühllos gewordenen Glieder.

Seltsamerweise zeigte sich in demselben Moment

vor meinen Augen ein weißer, beweglicher Fleck, ein hin- und herflatterndes Segel, ein Leinenstück, das sich unversehens um einen kantigen Gegenstand vor mir zu schlingen begann, ganz nah mich berührend. Und glich gar bald schon einem im Wind sich bauschendem Tuch, das mir von irgendwoher bekannt schien. Es war das Tischtuch in dem Café, in dem ich mich immer noch befand, blau und rosafarbig an seinen Rändern, und es nahm mir beinahe die Sicht. Daneben hob und senkte sich das aufgeblähte Papier meines Notizblocks, und ich erschrak über das Geräusch, als eine Bö zwischen zwei lose Seiten fuhr. Der Schatten des Sonnenschirms warf kreisende Muster auf ein noch unbeschriebenes Blatt.

Das Glas war leergetrunken. Außen jetzt nicht mehr beschlagen, fühlte es sich immer noch kühl an. Ich nahm den beinahe leeren Krug, in dem sich sogleich die letzten, noch nicht zur Gänze geschmolzenen Eiswürfel, umeinander bewegten. Die erhobene Linke versuchte, aus dem kleinen Gefäß die ausgepreßte Limone, den trüben, übriggebliebenen Rest, in das Glas zu gießen, in dem der Strohhalm, in all seinen Farben leuchtend, mutwillig querstand.

Was werden Sie anfangen mit Ihrer wiedergewonnenen Zeit? schien eine lang schon bekannte Stimme zu fragen. Über die leeren Tische hinweg sahen mich zwei dunkle Augen aus schrägem Winkel her an.

Mark und Bein waren erschüttert.

Cameriere! rief ich, zu Tode erschrocken.

Noch einmal dasselbe!

Nur zu jäh war ich wach. Der alte Herr mit dem Strohhut befand sich noch immer drüben auf dem Gehsteig inmitten der Menge. Mir aber war, als sähe er durch alle hindurch, geradewegs zu mir herüber.

Der elegant durch die Tischreihen balancierende Kellner stellte ein frisches Tablett vor mich hin, nahm das gebrauchte an sich, und ich nickte erleichtert, als er zum zweiten Mal über den beiden ungleichen Krügen eine Verbeugung zu mimen versuchte.

Wie dankbar ich ihm war! Dieser Mensch kam zwar nicht vor in meiner Welt, doch meinte ich, ihn jetzt darin einordnen zu müssen, höflicherweise.

Danke! Tausendmal Dank!

Dicht neben dem neuen Glas, von dessen kalten Wänden seitlich Tropfen um Tropfen niederrann, bildeten sich Rinnsale, kleine gewundene Zeichen. Schrift.

Wie gut, daß ich niemandem Rede und Antwort stehen mußte! Am leichtesten, dachte ich, wieder ruhig geworden, findet doch einer seine Gedanken da, wo niemand ihn kennt, wo nichts die Harmonie seiner eigenen Wirklichkeit stört. Nur so formen Regungen unbehelligt sich aus, Wünsche nähern sich ihrem Ziel, und alles gerät zum Schönen im rauschenden Eins von Tod und Leben, in dessen Tiefen Gedanken und Bilder aufsteigen wie Blasen vom dunklen Grund. Alles entwirft sich neu, steigt auf und kommt nieder - im Bewußtsein oder im Unbewußten - je nachdem. Und ist dann ganz selbstverständlich vorhanden, wenn auch nur auf Papier, während es ebenso selbstverständlich auf ein Nächstes verweist. Figuren aber, wie eben noch dieser Professor, den ich, sagen wir einmal... Landini... nennen werde in meiner Geschichte, die nehmen ihre überbordende Präsenz in Gelassenheit wieder zurück, um am Ende zu bleiben wo ihr Ausgangspunkt war: im Ungewissen.

Glücklich, zufrieden, strecke ich unter dem Tisch die allzu lange verflochten gewesenen Beine aus, setze das Glas an die Lippen und sehe zu, wie die Flüssigkeit darin bis auf ein Geringes absinkt.

Drüben löst sich die Menschengruppe wie selbstverständlich aus ihrer Verknotung, teilt sich in einzelnes auf und nähert sich in loser Folge den Tischen des Cafès.

Eine Gruppe, irgendwie ähnlich der auf dem Boot; bewegte Collage von Linien, Körpern; Schatten, einander überlappend, gleich einem Leinwandbild sich vor mir entrollend. Insgesamt eine Gruppe ansehnlich gekleideter junger Männer und Frauen, erregt noch von einem ernsten Gespräch, doch gelöster jetzt, heiter. Studenten um ihren Lehrer nach glücklich bestandener Prüfung? Ihr eifriges Plaudern und der freundliche, kleine Herr in ihrer Mitte lassen darauf schließen.

Anscheinend einem faszinierenden Thema verfallen, hören sie auch nicht auf mit ihrem Disput, als sie einen Tisch, der für alle reicht, suchen und dabei nach und nach deutlich hervortreten aus dem Ganzen. Sie lassen sich nieder, mir, ihrem Gegenpol gegenüber, dem Außenseiter mit dem Stift in der Hand.

Wie ich sie beneide! Sie haben in ihrem Kreis einen Mittelpunkt, an dem sie die eigene Schwere messen, den sie befragen können und der ihnen Antwort gibt. Gäbe es Antworten nicht, warum sollten sie hier sein, warum sollten sie bei ihm, um ihn sein, innerhalb einer Ordnung oder einer Idee? Vielleicht einer gemeinsamen. Oder sogar innerhalb einer gemeinsamen Hoffnung?

Die Gedanken überlagern einander. Aber der Professor, der sich mir zu erkennen gegeben, hat sichtlich Geduld. Er hebt, als er die Verwirrung in meinen Augen sieht, lächelnd den Zeigefinger vor seinen Mund.

Limonen. Herb und süß zugleich. Diesmal ein nachdenkliches Nippen vom Rand. Die zweite Portion eines Getränks ist mit der ersten, die man genossen, nicht zu vergleichen, aus vielerlei Gründen.

Ein wenig Süße wäre jetzt gut, um das Bittere zu verscheuchen. Ist es nur das? Jedenfalls tauche ich den langstieligen Löffel in die silbern glänzende Dose und entleere ihn sorgsam über dem Glas.

Der frische Wind hat die Fransen des Sonnendachs durcheinandergebracht. Die Luft wird kühler, der Nachmittag nimmt seinen Lauf. Schon ist der allerletzte Tropfen getrunken, und die dünne Haut zwischen innen und außen schwingt und singt, während der Stift über dem Weiß tanzt. Der Professor hat sich zurückgelehnt, sinnt und schweigt. Landini, von mir so benannt wegen eines uralten Bezugs - es ist Ewigkeiten her - kennt natürlich die Wirklichkeiten, die sich in mir verstricken, kennt mein Bemühen, ihnen nachzugehen, wird mich für Mängel und Ungenauigkeit meiner Sicht nicht bestrafen.

Die jungen Leute haben ihr Plaudern nicht eingestellt, nur kurz unterbrochen. Sie wenden die braunen Gesichter einander zu oder drehen sie seitwärts. Stirnen und Wangen erscheinen jetzt schärfer im Profil, weil jemand hinten an der Bar die Lampen angeknipst hat und die Köpfe in unerwartetes Gegenlicht taucht. Die Konturen sind mir ja nun vertraut, die Schnörkel an ihren olivenfarbigen Schläfen und Nacken haben sich mir längst eingeprägt. Jeder einzelne gewinnt auch durch die Besonderheit seiner Bewegung an Individualität. Dennoch erscheinen auf meinem Papier bloß Mäander, entsteht nur die lose Folge einfacher Formen: da ein hochgehobener Arm, die Schräge einer Schulter, das Spannen und Senken eines plötzlich ins Zentrum gerückten Kinns: uraltes, von jeher bekanntes Muster. Die Linien erinnern an jene sicherlich hunderte Male betrachteten, nie ganz vergessenen Figuren aus archaischen Zeiten; auf alten Gefäßen, wie sie als Zeichnung auf Kraterwölbungen oft uns entgegenstehen. Gelassene Heiterkeit der Mimik während des Redens, Hochziehen und Senken der feinen Brauenbögen. In meiner Zeichnung darf alles auf das Papier und will zugleich doch wieder versinken wie fernes Gemurmel, Gerede; nichts als ein Gewirr schwer deutbarer Linien in abendlichem Grauviolett.

Überdehnte Gedanken, schließlich unansehnlich geworden als Krakelage, lösen sich auf, sodaß am Ende nur mehr Schraffur bleibt. Der zarte Geschmack der Limonen und des Zuckers halten eine Weile noch an.

Die Rechnung bitte! Ja, zweimal dasselbe. Danke, nichts sonst...

Drüben unterhält man sich jetzt schon leiser. Der Alte ist nicht mehr dabei. Ein paar Wortfetzen, wenn auch verformt, wären vielleicht noch festzuhalten gewesen, nun sind sie verloren.

Und Landini? Der Professor? Vielleicht sieht er von irgendwoher jetzt zu, wie ich mich aus dem Korbsessel hebe, die Füße zurechtsetze, probiere, ob sie mich noch zu tragen bereit sind. Ich gehe. Tatsächlich. Der Übergang ist noch einmal geglückt.

Die Verabredung

Wie ein samtenes Futteral, in das man behutsam Bruchgefährdetes legt, so umschloß der kleine, dämmerige Raum Fremdes beim Eintritt. Nichts stellte sich ihm entgegen, weder Hartes noch Kantiges.

Die Farben verhielten sich unverändert und still, der Teppich fing den Druck der Sohlen ohne Widerstand auf. Wände und Möbel schienen näher zu rükken, zeigten jedoch keinerlei Feindseligkeit, sodaß beim Stehenbleiben in der Mitte des Zimmers Atem und Herzschlag ganz von selber zur Ruhe kamen.

Der Professor war aufgestanden, kam hinter dem altmodischen Schreibtisch hervor. Sein Gesicht trug die Spuren vergangener Zeit, seine Schultern, zur Begrüßung leicht nach vorne gezogen, füllten die helle Jacke, die er trug, nicht aus. Obwohl die pergamentfarbene Haut seiner Wangen sich immer noch leidlich glatt über die Knochen zog, hatten doch eine gewisse Müdigkeit und etwas wie Resignation darauf Spuren hinterlassen. Aufgrund einer auffallenden Magerkeit zeigten sich überall kleine, bewegliche Wellen auf seiner Stirn, um die Lider.

Die dunklen Augen leuchteten noch wie früher.

Ich bitte Sie..., sagte er höflich, und wies auf einen breiten, in sanften, rötlichen Tönen gehaltenen Fauteuil. Während mein Körper sich in die weiche Polsterung eingrub, mühte ich mich, den vielen ungebeten heraufdrängenden Bildern zu wehren, die durch die Besonderheit der Situation, vielleicht aber auch nur durch die Tonfrequenz dieser Stimme entstanden waren, einer angenehmen Mischung aus mannigfaltigen Tönen, die im Laufe der Jahre meinem Gedächtnis etwas hinterlassen hatten, das kaum zu beschreiben war: den Nachklang halblaut, fast wie nebenbei hingesprochener Sätze, den verhaltenen Tonfall von Rezitationen, den Rhythmus ungezählter, schlank dahinfließender Verse, Terzinen.

Des Professors Blick ruhte auf mir ohne wehzutun.

Die Erinnerung kam lautlos wie Wasser, schwemmte den oberflächlichen Schaum der Jahrzehnte weg und hob aus Tiefen herauf, was dem Bewußtsein entschwunden: eine in letzter Zeit beinah schon verlernte Klarheit des Sehens, etwas wie Glauben, und plötzlich, deutlich wieder erkennbar, dieses Menschen eigene, ganz besondere Präsenz in dem Raum, den schönen alten, in der Phantasie immer noch auffindbaren Ort des Vertrauens.

Beim Augenschließen dann die ganze Gedächtnisflut. Die alte Stadt, ihre Silhouette am Horizont, Hügel an Hügel. Eine Sichel der Mond. Scharfe Schatten von Pinien hatten den abends bräunlich verfärbten Felshang in lange Streifen zerschnitten. Schon glitt der Nadelteppich wie damals unter dem Tritt der Sandalen weg, als mit jedem meiner verzweifelten Sprünge über Erdlöcher, Wurzeln, auf spitzem, nach und nach sich lokkerndem Stein, ein Straucheln unabwendbar erschien. Und es strauchelte beinahe das Herz. Damals hätte es wenig bedurft, jene Angst in den Tod hinüberzuleiten, fraglos, lautlos, ganz ohne Aufsehen. Eine einzige falsche Bewegung, ein einziges Wort hätten genügt.

Statt dessen war alles anders gekommen. Der warme, beim ersten, erschrockenen Hinhorchen bereits berührende Ton, von erster Sekunde an die charakteristische Stimme, seine selbstverständliche Herzlichkeit und ein anfangs noch als recht seltsam empfundenes Pathos der Gesten, als er plötzlich heraustrat aus dem Dunkel, fast aus dem Nichts.

Mein Erschrecken sei dem Erschrecken beim Anblick des Höllenfeuers vergleichbar gewesen, hatte er später erklärt und gleich die passende Stelle seines Lieblingsdichters zitiert, nämlich die, an der Vergil den Verzagten dem Ort der Verdammnis entführt...

Der Mann war gealtert seither, seine Bewegungen waren bedächtig. Jetzt zog er, immer noch freundlich lächelnd, mit beiden Händen den abgeschabten Schreibtischsessel zurecht, um sich zu setzen. Er wunderte sich nicht über mein Kommen und stellte gleich seine Fragen, worauf er, was mir seltsam erschien, meine Antworten in einem aufgeschlagen daliegenden Buch notierte.

Erleichtert lehnte ich mich in den Sessel zurück, sah zu, wie seine schreibende Hand über die Zeilen glitt, während ich redete. Seitlich am Rand des Buches blinkte ein Goldrand hervor, altmodisch. Das irritierte, doch ich faßte mich schnell. Über dem Papier lag, wie über allem, was sich auf dem Schreibtisch befand, ein gelber Schein.

Es war eine fremde und dennoch vertraute Welt, die sich da vor mir auftat. Landinis Schrift legte sich gleichmäßig schräg auf das Papier. Beim Schreiben hielt er den Kopf zur Seite geneigt, sodaß ich seine vom Fenster her deutlich erhellte linke Gesichtshälfte betrachten konnte, die hell gezeichnete Schläfe und den von winzigen Fältchen und Falten umspielten Mund.

Mein Atem, nun beinah schon im richtigen Rhythmus, stockte nach jeder einzelnen Frage, ging dann aber gleichmäßig weiter. Gern hätte ich während des Redens die Augen geschlossen, aber ich mühte mich standzuhalten, irgendetwas Außerordentliches gab mir die Kraft.

Mondbeschienen erstand vor meinen Augen das Damals im Jetzt. Der nachtdunkle Hügel ohne sichtbaren Weg über der lichterdurchwirkten Stadt. Ich hatte mich allein auf der Plattform geglaubt, vor mir der Felssturz. Weiter unten nichts als Finsternis. Geistesgegenwärtig war plötzlich einer hinter den Stämmen hervor und auf mich zugeflogen, hatte mich vor dem Fall in ein Ungewisses bewahrt. War dann, das zitternde Menschenbündel an seiner Seite sicher umfangend, vorsichtig Stein um Stein ertastend, mit ihm den Hügel hinabgestiegen, nicht ohne jenes ihm Unbekannte auch mit Worten zurückzuholen, es zu beruhigen wie ein Kind. Als ein Weg sichtbar wurde im Mondlicht, ging er allein voran und hielt, immer wieder sich umwendend, seine Hand hin, sodaß es folgen konnte, ohne Schaden zu nehmen.

Der alte Herr an dem Schreibtisch mußte das alles ja wissen, dennoch schrieb er jetzt, schrieb und füllte nach der ersten Seite, ohne innezuhalten, drei andere. Gern hätte ich sein Gesicht aus der Nähe betrachtet, hätte es absuchen wollen nach Bekanntem, Bewahrtem, nach etwas, das meiner Erinnerung hätte rechtgeben können.

Die Zeit rückte vor, ohne daß einer von uns beiden sie hätte messen wollen. Das einzige Fenster neben Landinis Schreibtisch, rechteckig und in sich wieder in gleichmäßige Rechtecke geteilt, mußte notwendigerweise meinen Blick an sich ziehen. Hinter den hellen Scheiben wiegten sich Zweige, warfen bewegliche Schatten in das dämmerige Zimmer. Von einer entfernten Hauswand jenseits der Straße prallten die letzten Sonnenstrahlen ab, fielen herüber und drangen durch das Glas, ohne an Gegenstände zu rühren. Eine milchige, perlmuttfarbene Wolke lag in der Luft, und für Sekunden glich der kleine Raum einer geöffneten Muschel, in deren klaffenden Spalt sich schimmerndes Licht goß.

Wie lang mein Redefluß dauerte, weiß ich nicht. Scheinbar außerhalb meiner, glitt er an mir vorbei: ungenaues, schwer zu Ordnendes, weil die Erinnerungen und was damit zusammenhing, immerfort wechselten.

Bis auf einmal die kleine, azurblaue Tasche, die ich eben erst nach Überquerung der großen Viale erstanden hatte, ohne Vorwarnung mir über die Knie glitt und mit leisem Klirren vor meinen Füßen aufschlug. Die beiden goldfarbenen Drachen, die als seltsam verschlungener Verschluß ihren spärlichen Inhalt bewachten, erschreckten mich bei der Berührung, als ich sie aufhob. Aber ich hörte nicht auf zu reden, war festgehalten vom rauschenden Strom der Gedanken, während ich mich mühte, den blau und golden glänzenden Schatz wieder an mich zu nehmen. Verwirrt hielt ich inne und suchte in des Professors Miene nach einem Ausdruck erhoffter Geduld.

Landini schien nichts bemerkt zu haben. Wie altmodisch er doch ist, dachte ich, denn er schrieb mit der Hand, schien überhaupt keinerlei Schreibgerät zu besitzen. Ich sah mich in seinem Zimmer um und konnte nirgends etwas dergleichen entdecken. Nur Bücherregale gab es an den Wänden, dicht bestückt mit roten, braunen und goldglänzenden Rücken. Schwere Vorhänge umrahmten das hohe Fenster, irgendwo bewegte sich eine Tür. Den Schreibtisch beleuchtete jetzt eine Lampe, außer ihr befand sich nichts auf der schimmernden Fläche als handgeschriebene Seiten.

Ich hatte Sie längst erwartet, sagte der alte Herr, ohne den Blick von der Schrift zu heben. Ich habe es gewußt.

Von irgendwoher war das Schlagen einer Uhr zu vernehmen, und dann neigte sich plötzlich der Sessel, in dem ich saß, so als müßte ich mich erheben. Landini bemerkte es und stand sofort auf. Als er jedoch, vielleicht in plötzlicher Sorge um mich, um den Schreibtisch herum und auf mich zukam, schien sich meine, sowie auch seine Körperlichkeit in ihrer Substanz, beängstigend, zu verringern. Leere gähnte an jener Stelle, wo eben noch seine Schulter zu ahnen gewesen, wo meine, eben noch auf die Lehne des breiten Fauteuils gestützte Hand spürbar jede Kontur verlor. Ich schauderte vor dem ungewohnten Gedanken, war doch zu befürchten, daß diese schmale Gestalt beim Nähertreten dem Auge entgleiten, sich von mir entfernend, gänzlich auflösen könnte. Zugleich durchfloß die vibrierende Luft im Zimmer ein matter Schein, lavendelfarbig.

Eine Muschel, dachte ich müde. Ein Sandkorn. Ist es nicht ungebeten, ja widerrechtlich hier eingedrungen als fremdes Etwas, schon im Begriff sich einzunisten in ihr, um sich in ihr zu verwandeln? Und eines fremden Wesens Haus wird ihm Heimstatt, sein Zimmer, sein Tisch, sein Fauteuil. Das Sandkorn aber ist eingedrungen, um von seinem Leben zu leben, sich an ihm zu formen und, wie könnte es anders sein, ihm wehzutun...

Ach, kommen Sie doch bitte öfter vorbei, solange Sie in der Stadt sind!

Die Stimme klang jetzt ganz dicht vor mir. So schien auch die Notwendigkeit einer Antwort gegeben, aber ich wußte nicht, was ich hätte vorbringen können zu meiner Rechtfertigung.

Da drehte sich der Schatten des alten Herrn von mir weg, und im selben Moment flammte ein Deckenlicht auf. Sein Gesicht, von milchiger Dämmerung eben noch ganz durchdrungen, sah plötzlich uralt und fahl aus, bei genauerem Hinsehen beinahe fleischlos und merkwürdig abwesend, wie gar nicht vorhanden. Dennoch erkannte ich, was ich gesucht, und auch den Raum, der alles umgab mit sämtlichen darin enthaltenen Farben.

Ebenso hatte sich meine eigene Anwesenheit in der strahlenden Helle verflüchtigt. Kein Wunder, auch tagsüber war ich dem Nichts ja schon sehr nahe gewesen.

Müde faßte ich nach der Tür, erreichte die Klinke. Irgendwie findet einer ja immer aus allem heraus...

Der Herr Professor? fragte plötzlich überlaut eine streng dreinblickende Person, die sich auf mein wiederholtes Klingeln aus der hohen Eingangstür in den dämmerigen Gang herausschob.

Erschrocken schnellte meine Hand von dem Drehknopf. Ein weißgeglättetes Tuch, vom nahen Gangfenster her leidlich beleuchtet und deshalb erkennbar, spannte sich über den breiten, schwerfälligen Leib. Das Gesicht der Frau wirkte dunkel durch die eng zusammengezogenen Brauen, mehr war nicht erkennbar.

Ich bin seine Haushälterin! dröhnte die Stimme. Sie durchstieß mich wie ein Schwert.

So war also dieser Eingang für mich noch nicht passierbar? Oder war ich einem falschen Türschild gefolgt?

Ich bin, versuchte ich zu erklären. Ich bin...

Sie waren! korrigierte die Frau. Sie waren mit ihm verabredet! Der Professor hat Sie erwartet. Gestern! Wußten Sie das nicht? Und sie nannte zugleich meinen Namen.

Irritiert blickte ich mich um. Es stand niemand außer mir vor der Tür.

Jetzt ist der Professor nicht da!

Sie hielt kurz inne während der überstürzten Entschuldigung meinerseits, vielleicht, so wie ich dachte, nach einer Erklärung heischend, die sich aber nicht fand. Dann drehte sie sich, schrecklich hoch aufgerichtet, um ihre eigene Achse und warf krachend die Tür ins Schloß.

Botticelli und die Minuten der Angst

Nicht leicht und auch nicht jedermann deckt die Angst ihre Gründe auf. Plötzlich und ohne Warnung stürzt sie auf uns ein. Schlägt jählings die Wunde, drängt sich in sie hinein und verletzt, im Inneren angelangt, die zarten Organe.

Diese Angst bringt alles auf Hochdruck. Schaltstellen im Gehirn klicken an, klicken aus, Adern schwellen, schmerzen, verändern ihre Form. Und der Blutstrom rast, entzieht sich jeder Kontrolle. Sein Rauschen übertönt den von außen andrängenden Lärm, dröhnt, nur um gleich wiederum sich zu verhalten, sodaß jede Regung des Lebensstromes erloschen erscheint...

Diesen Ausgeburten der Angst stemme ich mich entgegen, ich zwinge der Atmung Regeln auf. Zu viel Luft in den Lungen? Ich presse sie aus mir heraus! Ruhig, nur ruhig, mein Blut! Und daß nur ja keiner es merkt...

Nie läßt sich die Angst ganz verscheuchen. Wie beneide ich die von ihr niemals Betroffenen! Von ihnen wäre zu lernen: Gelassenheit, Mut, wohltemperierte Distanz.

Bewußtes Tun, so meine ich zu erkennen, sei wirksamste Abwehr. Aber gerade das mißlingt, sooft ich es auch versuche, ja herbeizwinge. Denn kaum mühe ich mich, eine einmal errungene Gefaßtheit zu bewahren, narrt schon wieder unbezwingliche Phantasie und verdirbt mir alles, verstellt die Klarsicht auf das, was andere Wirklichkeit nennen...

Angst wächst, und unversehens wird sie zum Gegenstand jeder Betrachtung. Läßt einer sich aber erst auf sie ein, hört er nicht auf, ihr Raum zu geben in seinem Denken, bedroht sie nur umso mehr die schwächliche Hoffnung in seinem Gehirn und triumphiert. Vergeblich also der Kampf gegen das, was wiederkehrt, schwärzer, schrecklicher mit jedem Mal.

Versuche zur Abwehr der Angst werden bald zur Gewohnheit, zum Ritual, das alles Trachten und Tun übertönt. Weil aber die Angst wie nichts auf der Welt des Menschen Ureigenes ist, wird sie ertragen als Bestandteil von Identität, die er bewahren muß und nicht ablegen kann nach Belieben.

Offenbar ist, daß einer, der seine Angst zu ertragen gelernt hat, zugleich sie vertieft; er bewertet sein Tun als Erfolg um nicht zu verzweifeln; Erfolg, den er mit der Zeit zu genießen beginnt als stille Kraft seines Selbst, sein Geheimnis; das er hegt und pflegt, weil er sich selbst liebt, mehr als alles. Und dem Selbst verfallen ist jeder, solang er nicht liebt...

Das Seltsame ist..., sagte ich laut zum Professor, von ihm eine Antwort heischend, daß die Menschen sich schämen, die Angst, so wie sie sich ihnen zeigt, auch einzugestehen.

So groß war mein Vertrauen zu ihm, daß ich ganz ungeniert damit anfing.

Derart unvermutet von meiner Rede getroffen, wandte der Alte sich um, sah mich an. Die fleischlosen Hände, die er beim Betrachten des Bilds auf dem Rücken verschränkt gehabt hatte, hingen zu beiden Seiten seiner schmalen Gestalt ganz reglos herab.

Jetzt muß er antworten, dachte ich, er kann nicht anders.

Er trat einen Schritt zurück und kam dann auf mich zu. Es war, als müßten seine Augen, in meine tauchend, mich Lügen strafen. In seiner Gegenwart konnte die Angst ja nie zum Thema werden, er mußte das wissen. Natürlich hatte ich die ganze Zeit auch nicht an ihn, vielmehr an etwas ganz anderes gedacht. Ihm aber blickte ich jetzt ins Gesicht, und deshalb verwirrte sich auch der Knäuel, den ich im Kopf trug, immer mehr. War ich im Unrecht, derlei Reden an ihn zu richten? Warum tat ich es überhaupt? Genau besehen, konnte ich nicht darauf erpicht sein, ihm oder wem auch immer, Denkwege einzugestehen. Was wollte ich also von ihm? Stellte mein Wahnsinn ihn vielleicht auf die Probe? Die schmale, gefährliche Brücke, auf der ich mich befand, schien zu wanken, mein Bemühen um Balance mußte mir im Gesicht stehen.

Der Professor hatte wie immer einige passende Sätze parat, aber ich ließ ihn nicht ausreden. Nein, sagte ich schnell, es ist die ganz gewöhnliche Angst. Bitte, verstehen Sie! Reale Angst, höchst reale!

Seine Gelassenheit war mir schon immer ein Rätsel gewesen. Der Abstand der Zeit, dachte ich. Sein ewigkeitslanges Wissen um diese Dinge, die Möglichkeiten, die ihm zu Gebote stehen, die den gewöhnlichen Menschen fehlen, weil sie trotz aller Bemühungen immer nur Fleisch und Blut sind und nichts darüber hinaus.

Gerade in diesem Moment aber zeigte sich eine scheinbar ganz neue Regung in ihm, ein blitzendes Etwas in seinen Pupillen, wach, aufmerksam, eindringlich. Ich beschwichtigte ihn sofort. Natürlich sei alles das blanker Unsinn, Beweis irritierter Phantasie, das komme daher, weil...

Verzeihen Sie bitte!

In Wahrheit war es die Angst, mich lächerlich zu machen, ein mir rechtmäßig Zuzuordnendes durch die Treffsicherheit eines Arguments zu verlieren, vielleicht also wiederum bloß Angst um die Angst selbst. Denn selbstverständlich hätte er sie wegwischen können wie garnichts, hätte ich es nur zugelassen. Aber was, um Himmels willen, dachte ich erschrocken, wäre ich ohne diesen einen, einzigen, unverwechselbaren Beweis meines Ich?

Scheinbar von außen her abgelenkt, drehte ich mich zur Seite, tat interessiert an den Bildern, die dicht an dicht die Wände entlang hingen. Er sollte nicht sehen, wovor ich Angst hatte oder zu haben vorgab. Schließlich waren es nur wenige Sekunden, in denen ich seine Betrachtungen zu unterbrechen gezwungen gewesen war.

Dieses verlegene Getue brachte seinen erstaunten, schließlich erleichterten Blick auch wieder dorthin, wo er vordem gewesen, wo er sicherlich heimischer sein würde als in meinen, zugegebenermaßen verworrenen, halbwahren Geständnissen. Geschonter auch.

Zustimmend deutete er voraus und schritt rasch hinüber zu dem eben betrachteten Bild, so als sei nichts geschehen, und ich mußte ihm folgen. Hastig kramte ich in meiner Tasche, um etwas zu finden, das natürlich wie immer nicht da war. Es mußte alles ins richtige Lot kommen. Wenigstens ein Lippenstift, dachte ich, ein Taschentuch, um den Schweiß von den Händen zu wischen!

Glücklicherweise befanden sich wegen der begonnenen Mittagspause außer uns keine Museumsbesucher im Raum. Der Professor hatte diese Ausnahme erwirkt, er schon. Einer der Diensthabenden, die ihn kannten, grüßte höflich herüber.

Ich schämte mich meiner Unbesonnenheit. Endlich fand sich der Spiegel, eingeklemmt zwischen Notizbuch und Stadtplan. Erleichtert stellte ich fest, daß alles an mir war wie früher, die Farbe der Wangen weder grün noch blau noch sonstwie verfärbt, vielmehr völlig normal durchblutet. Ein rascher Griff nach dem Pulsschlag, alles schien unauffällig.

Es war Botticelli. Wir befanden uns vor der Darstellung eines Engels, die Verkündigung aussprechend. Der Himmelsbote in seinem geblähten Gefieder war herabgestürzt wie ein riesiger Geier. Die Falten seines Gewands flatterten in kaum abgefedertem Sprung. Geduckt, die Rechte zum Zugriff erhoben, verharrte er vor der sicheren Beute. Und die erschreckte Jungfrau Marie, ohnedies bleich und zerbrechlich, sträubte sich wie ein Vögelchen, das sich an seiner Käfigwand wundschlägt und doch nicht entkommt. Eben hat sie sich ja noch sicher geglaubt in vertrauter Ordnung...

Ob dieser Engel hier das verstand? Ich meinte zu sehen, wie sie zu zittern begann vor seiner jähen Präsenz und verkrallte mich, ohnmächtig wie sie, in die lauernde Siegesmiene des Boten, die angefüllt war mit Behauptung, mit Anspruch und stolz zur Schau gestellter, englischer Überlegenheit.

Was hatte der Mensch Botticelli von der Angst eines Mädchens gewußt, was von derart selbstbewußten, männlichen Posen? Hatte er bereits daran denken müssen, als er, vor Ort, zu skizzieren begann? Wer war sein Modell, dieses Mädchen, diese Frau? Durfte ein Mann es überhaupt wagen, den Knoten ihm verschlossner, Gefühle zu ertasten, zu öffnen, um sie derart indiskret jedem zufällig vorbeigelaufenen Neugierigen darzutun?

Immerhin, um den irritierten Betrachter zu beschwichtigen, hatte er hinter der offen gelassenen Tür des jungfräulichen Schlafgemachs in viel sanfteren Gesten eine Landschaft gesetzt, die aufatmen ließ. Durch eine einfache Senkrechte hatte er sie in zwei exakt berechnete Felder geteilt...

Hier stand ein junger, schlanker, trotz aller himmlischen Stürme überraschend heil gebliebener Baum, derart regelmäßig und wohl gestaltet, daß er, was dieses ganze ungeheuerliche Geschehen betraf, wie ein unverhoffter, göttlicher Trost auf mich wirkte. So wie dieser Baum, dachte ich, so biegsam, fügsam in sein Schicksal ergeben, müßte eine das überstehen.

Einer der Alten, dieser Botticelli, und doch mit Gedankengängen, wie unsereiner sie ausspinnt. Ohne Zweifel ein Mann mit Erfahrung. Doch woher wußte er, was sich in jenem Mädchen begab? Und wer war sie, die ihm solche Erkenntnis gewährt hat? Die Geliebte wohl kaum. Vielleicht eine beleidigte Magd? Oder die Schwester?

Alles in allem auch nicht ganz unkompliziert..., murmelte ich vor mich hin, nur um irgendetwas zu sagen, um zu beweisen, daß ich noch dastand, denn Landini hatte schon eine ganze Weile nicht mehr Notiz von mir genommen. Ich begann zu befürchten, er hätte mich vielleicht vergessen.

Ach das! Das sind Experimente! gab er prompt zurück. Die um Fünfzehnhundert hatten auch ihre Probleme. Künstlerischer Art, müssen Sie wissen, und auch formale...

Er verzog sein feines, faltiges Gesicht zu spitzbübischem Lächeln. Legte, sichtlich gut gelaunt, seine Fingerspitzen auf meinen Arm. Um dieser kleinen Geste willen hatte ich ihm schon damals vertraut. Seine Stimme klang tiefer als sonst und sehr warm.

Extreme sind das, fuhr er fort. Extreme! Was Botticelli da versucht, hat natürlich zu seiner Zeit für beträchtliches Aufsehen gesorgt. Und nicht nur bei ihm und seinem Werk. Denn jeder der damals „Modernen" suchte den anderen zu übertrumpfen darin. Sie werden ja sehen. Gefühle darzustellen war neu. Überspitztheiten waren das, Übertreibungen einer hochsensiblen Gesellschaft. Das alles aufzugreifen und noch zu betonen, eindringlich, in ganz bewußter Verzerrung...

Nennen wir es, sagte Landini, nennen wir es, vereinfacht, Expression. In Künstlerkreisen damals ***conturbatio*** genannt. Für Botticelli und die Seinen nichts als Experiment, doch irritierend für viele.

Aber sehen Sie, und das gilt für anderes auch: Zu viel davon, von all dem Künstlichen, Engagierten, bloß vordergründig Natürlichem, ist ungesund. Es macht ein Bild zur Fratze, zur Karikatur. Was es zeigt, setzt sich spiegelgleich fort im Beschauer, verzerrt ihm sein Selbst, das er darin nicht mehr erkennen kann.

Das macht krank, sagte Landini. Und von der Seite her sah er mich an. Prüfte. Erwog.

Ich fühlte mich wie nicht vorhanden. Hatten sich meine schwerfällig gewordenen Gedanken von den Bereichen des Wahrhaftigen abgezogen? Ohne es zu wissen, hatten sie die Bereiche der Kunst verlassen und kehrtgemacht. Und Meister Botticelli, symbolbeladen, dissonant, eine Spur zu spielerisch, um meine Gedanken in logischer Folge zu halten, hatte sie ziehen lassen. Hatte mit seiner Sensibilität, Sensationslust, über die Zeiten hinweg auch mich angesteckt.

Oder lag die gedankliche Schwäche, die das Gemüt des Meisters damals bestimmt haben mag, von Anfang an schon in mir? Mit welchem Recht waren dann diesem Begnadeten Denkfehler aufzurechnen? Verwirrend, fürwahr.

Und Forderung.

Der Professor, der alle Wunderwerke der Welt, auch deren Fehler und Mängel, zu kennen und zu verstehen schien, nahm meine verlorene Konzentration gelassen als ein Gegebenes hin, als die natürliche Eigenschaft eines Geschöpfes, normal. Und er betrachtete mich, als habe er nichts anderes als die besondere Formung eines Blattes vor Augen, ein Stückchen Rinde an einem Baum, einmal glatt, einmal rauh, die natürliche Eigenheit lebendigen Wuchses, zufällig, ohne nennenswertes Geheimnis.

Deshalb..., Landini legte jetzt seinen mageren Zeigefinger auf die Lippen und lächelte sanft. Deshalb, sagte er, lassen Sie uns zurückkehren an unseren Ausgangspunkt! Der Kreis der Betrachtungen muß sich schließen. Hier! Sehen Sie Fra Angelico, den ganz anderen...

Mein Verstummen vor dem Bild war wie das Eintauchen in eine andere Dimension, nicht nur um eines Fra Angelico willen. Wie beruhigend die Verhaltenheit dieses Engels! Wie schlicht und doch wie aufmerksam die Haltung der Frau!

Auf Landinis Stirn erschien wieder ein wenig Farbe. Er war ganz in seinem Element.

Besondere Kunst ist es, hörte ich ihn wie von ferne dozieren, obwohl er dicht neben mir stand, alle diese Extreme, die Sie eben gesehen haben, das Grelle, das Laute, diese Überbetonung von Gesten und Ausdruck, im Bild nur mäßig zu gebrauchen. Ja, ja, das ist es, das Sie auch wissen sollten! Einfachheit..., fügte er leise hinzu. Schlichtes ohne Aufsehen, ohne Härten. In den Formen, den Farben. Im Wort. Denn das Extreme lenkt nur ab, macht unsicher. Irritiert die Wahrnehmung, untergräbt das Denken und schwächt es am Ende, während das maßvoll Hingesetzte, das Einfache, Feine, es stärkt.

Demut, antwortete ich betroffen. Sie erwarten Einfachheit des Ausdrucks. Des Anspruchs wie auch der Mittel. ***Humilitatio.*** Ist es das?

Das Blau in dem Bild begann zu leuchten. Ich wußte nicht, was anfangen mit meiner Hand.

In den Augen des Alten aber stand wieder der alte Glanz. Unvermutet konnte er lachen wie ein Schuljunge. Er klopfte mir auf die Schulter, rieb sich vergnügt die Hände, so als hätte er mit dem Gesagten nicht nur mich, sondern auch sich selbst überlistet. Und ich glaubte ihm, weil ich ihm glauben wollte. In diesem Moment schien alle Angst besiegt.

Dann begann er, wie schon so oft, in weit ausholenden Sätzen zu reden. Von der Gemeinsamkeit solcher Bildvorlagen in jener Zeit, von Unterschieden. Vom Ehrgeiz einzelner Künstler, von ihren Eitelkeiten. Von Konkurrenz und Streit unter ihnen. Von Unsicherheiten, Ambivalenzen.

Auf dem Rückweg streifte mein Blick noch einmal Botticellis Verkündigungbild. Irrte ich mich? War da eine Veränderung eingetreten? Die Verstörtheit dieser Frauengestalt, die jähe Körperdrehung als Abwehr in höchster Angst interpretiert, ließ plötzlich melancholisch-leises Einverständnis erkennen. Die Frauenhand, in Vorwegnahme des Ja aus schön verschlossenem Mund, hielt dem Boten, in dessen Blick sich Wildheit in Überraschung verwandelt hatte, zart die Fingerspitzen entgegen. Sie brauchte ihm dabei nicht in die Augen zu sehen, weil sie ihn und alles verstand. Er aber, überwältigt von so viel Wissen und Verzeihen, nahm sich zurück. Und plötzlich war etwas um ihn wie himmlischer Glanz: Die Erlösung des Engels.

Was tatsächlich bloß Experiment war in diesen Räumen und was nicht, wollte ich jetzt nicht mehr wissen. Ich ging neben dem alten Mann her mit tonlos geöffnetem Mund, wie im Traum. Meine Gedanken widersprachen einander, verstörten, bekämpften, haßten und verziehen einander. Vermischten, versöhnten sich. Erwachten neu und zogen sich hin ins Uferlose.

Gespräche

Eberhards Mantel hat jede Antwort verweigert, mich traurig gemacht, wenn nicht bestürzt. Obwohl ich ihm alles gesagt habe, was man einem wie ihm zu sagen imstand ist, hat er sich taub gestellt. Er, Eberhards einziger, sichtbarer Beweis seiner leibhaftigen Existenz, sieht man von den wenigen Briefen ab, die in der Schreibtischlade verdorren und dort keine Stimme mehr haben, sie antworten lang schon nicht mehr. Zwischen ihnen und diesem Ort muß sich etwas gelockert haben, das wie ein Band war. Etwas muß sich verschoben haben oder scheint abhanden gekommen zu sein.

Dennoch ist das Leben in diesen Räumen noch nicht erloschen. So dringen sanftere Bilder samt ihrer Bedeutung durchaus wahrnehmbar an die Sinne, und ich antworte laut oder leise, führe den Bleistift glatt, selbst über rauheste Stellen. Das ist Glück! Nicht auszudenken, wenn, was ich sehe, eines Tags mir Assoziationen verweigerte, wenn der Anstoß zu meinen Reden mich nicht mehr erreichte. Nicht auszudenken! Noch gibt es die Dinge für mich, das Sprechen mit ihnen. Es bleibt mir die Sorge.

Dieser Sorge nun gilt mein ganzes Bemühen. Dem wachen Gerufensein beim Funktionieren des Telefons, beim täglich gewissenhaften Entleeren des Postfachs, beim Entschlüsseln der Zeichen in fremden, außerhalb meiner und in Distanz vorbeiziehenden Gesichtern; beim Horchen auf die verhaltene Murmelsprache des Trafikanten genauso wie beim Aufgreifen des Blicks der Kassierin in dem Geschäft, in dem ich die Dinge für meinen Tag zusammenhole. Sorge gilt auch den Gesten der buntgemischten Gesellschaft in Bus oder Bahn, wenn sie frühmorgens, mit sich selbst nicht ganz fertig, wie geistesabwesend vorübergehen.

Zurückgekehrt von den Fahrten dahin und dorthin und endlich daheim, sind es dann die vertrauten, freundlichen Dinge, die manchmal reden können, ganz von selber sich an mich drängen, mich anschauen, um zu erzählen. Dann höre ich aufmerksam zu, antworte auf meine Art und fühle wieder einmal, was leben heißt.

Doch es gibt Dinge, die lauter reden als alles und nicht verstummen, auch wenn andere schon schweigen. Der Liegestuhl auf der Terrasse, der seine eigene Geschichte hat, oder der Schrank mit den aufgehängten Kleidern, deren Geplapper ich manchmal sogar zurückweisen muß, so aufdringlich können die sich gebärden. Ein besonderes Stück nehme ich immer wieder heraus. Es ist dieser Mantel, vor Jahren hiergelassen, vergessen von einem Mann, der Eberhard hieß.

Laß ihn dort hängen, hat Eberhard einmal am Telefon gesagt, irgendwann kann man ihn vielleicht noch gebrauchen. Das ist nun beinahe elf Jahre her. Inzwischen ist Eberhard einige Male hiergewesen. Kurz, das versteht sich von selbst. An den Mantel hat niemand gedacht. So ist er altmodisch geworden, wirkt in der Schrankecke überflüssig und derart schäbig, daß alle anderen Dinge Abstand halten, sich fremd fühlen in seiner Gesellschaft. Natürlich habe ich ihn damals reinigen lassen, ihn manchmal herausgehoben, um ihm vor offenem Fenster Atemluft zu gewähren.

Eberhard würde ein derart penibles Vorgehen seltsam finden, übertrieben, wenn nicht gar lächerlich. Aber angenommen, er kehrte zurück im Herbst, ein Wind käme auf, verfrühte Kälte oder Regen...

Du hast einen Mantel in meinem Schrank, Eberhard, erinnerst du dich? Das würde ich sagen, und darauf er: Tatsächlich?

Ein unscheinbarer Mantel übrigens, abgetragen und nicht sonderlich schön, noch dazu durch den Übereifer einer gewissen Person aus der gegenüberliegenden Putzerei mittels Appretur in den widerwärtigsten Zustand glänzender Glätte und Steifheit versetzt, kaum mehr als Eberhards Eigentum erkennbar. Darüber hätte sich Eberhard gewiß nicht gefreut, trotz seiner wieder und wieder bewiesenen Geduld.

Eberhard in steifgebügeltem Trenchcoat! Wirklich zum Lachen! Er hätte das ohnehin unnütze, durch unsachgemäße Behandlung gänzlich verdorbene Stück, über die nächstbeste Stuhllehne geworfen und wäre, so wie er war, im Pullover, hinausgestapft in Kälte und Wind.

Um Ärger mit Eberhard zu vermeiden, mußte der Mantel selbstverständlich in einen für ihn akzeptablen Zustand zurückversetzt werden. Nur aus dieser Sorge heraus kam mir jene Idee, nicht etwa aus egoistischen Gründen oder dem verwerflichen Wunsch nach Inbesitznahme von Eberhards persönlichem Hab und Gut. Als ich einmal im Frühsommer fröstelnd auf der Terrasse saß, zusammengekauert in dem alten, hölzernen Liegestuhl, den ich noch immer nicht weggeworfen habe aus guten Gründen, holte ich kurzerhand Eberhards steifgebügelten Mantel und hüllte mich darin ein, glücklich, der Sorge um das mir Anvertraute auf derart angenehme Weise nachkommen zu können. Durch

Bewegung und Wärme, so dachte ich, würde der allzu spröd gewordene Stoff sich erweichen. Dazu kam der Vorteil, er seinerseits wärmte mich und schützte vor Wetter und Zugluft.

Das Ergebnis verblüffte. Ich wiederholte den Vorgang sooft sich Gelegenheit dazu bot, im Frühjahr, im Herbst, Jahr für Jahr, so lange, bis mein Bemühen Früchte trug. Der Mantel sah wieder aus wie vorher, so wie Eberhard ihn zurückgelassen, weder steifgebügelt noch allzu frisch, vielmehr zeigte er jetzt deutliche Spuren von allerlei, und befriedigt stellte ich fest, daß es lesbare Spuren waren.

An stillen Nachmittagen, mit nichts in den Händen und nichts im Sinn, starrte ich, eingehüllt in den Mantel, hinauf in die Wolken. Beobachtete, wie sie, sich wieder und wieder verändernd, hinzogen, oftmals durchkreuzt von langsam verfließenden Kondensstreifen silbriger Flugzeuge. Der Mantel nahm teil an meinen Gedanken und Träumen, ich lauschte der vertrauten Sprache seines raschelnden Innenfutters, das manchmal laut, aber bald wieder leise war, und seinem besänftigten Raunen nach Augenblicken erdachter Einheit und der wärmenden Atemluft, die von mir zu ihm und wieder in mich zurückfloß.

Jetzt ist das anders. Er redet nicht mehr mit mir. Der Ort unserer Gespräche auf der Terrasse hat nach und nach seine Bedeutung verloren. Die Gewißheit, daß hier immer wieder dieselben Fragen sich stellen, dieselben Antworten fallen mußten, machten anstehende Veränderungen nur allzu leicht. Überall in der Welt können ja Selbstgespräche stattfinden, heute wie gestern, morgen und immer. Und Gültiges, Absolutes, haftet Selbstgesprächen ja überall an, die sind beständig, entwickeln Dauer, manchmal beinahe so etwas wie Ewigkeit.

Sinnlos erscheint also der Verbleib auf leerer Terrasse, fragwürdig der Bezug stummer Reden. Antworten bleiben aus, öfter noch Fragen. Hat der Mantel seinen Zauber verloren? Ach, die Zeit! Ein Ozean wogt ja zwischen mir und seinem Besitzer.

Auch haben sich nach und nach meine eigenen Reden verändert. In weiten Bögen pfeilen sie manchmal ganz unvermutet von mir fort, wild weggerissene Sätze, aber sie erreichen im besten Fall das Papier, das ich vorsorglich, um nichts von alldem zu verlieren, vor meine Hände hingelegt habe, doch ich gebe nicht auf. Es sind meine Sätze, in denen ich bin. Jählings heben sie mit mir ab, sirren manchmal noch eine Weile im Flug, verhalten sich irgendwo, und kehren dann bumerangartig, Schmerz bereitend beim Aufprall, zurück.

Aber, wie schon gesagt, sind es ja immer bloß eigene Sätze, nicht etwa die Sätze Eberhards, auf die ich warte. Eberhard weiß nichts davon.

Wie beneide ich den Pottwal, der von Küste zu Küste seine Signale sendet und nicht zweifelt, wenn keiner ihm zuhört! Er gibt seine Laute ab und schwimmt wie er schwimmen muß, irgendwo wird er gehört. Mein Gedankengeschleuder aber trifft bloß immer wieder sich selber, erst quält der Rückschag, die plötzliche Einkerbung in der Seele, dann ängstigt innen sein schweigendes Kreisen, die fürchterliche Spirale.

So kommt dann irgendwann das Bedürfnis auf,

ein zum Mechanismus Gewordenes zu durchbrechen, Gewohnheiten einzustellen und gar nichts zu tun.

Was den Zustand von Eberhards Mantel betrifft, bin ich nicht ohne Kümmernis, vergleiche ihn manchmal mit anderen, ähnlich zu verwendenden Stücken in Geschäften und Schaufenstern, an denen ich vorübergehe, erwäge sogar den Austausch dieses mit der Zeit altmodisch gewordenen Stücks gegen ein neues derselben Art. Ein Entscheid des Gewissens.

Ortswechsel, denke ich, glücklich ob dieses guten Gedankens, würde mir guttun. Bewegung! Reisen als unvermeidbare Notwendigkeit ergibt sich dann ganz von selbst.

Eberhards Mantel aber, Eberhards hartnäckig schweigendes Eigentum, braucht nach kritischer Revision eine neuerliche, genau zu überlegende Prozedur, an deren Ende ein zwar immer noch häßliches, aber in neugewonnener Sauberkeit doch noch ganz brauchbares Kleidungsstück seinen Platz im Schrank einnehmen wird. So hole ich also den Mantel ein weiteres Mal aus der Putzerei, versorge ihn auf dem entsprechenden Haken, dann packe ich meine Koffer.

Mag sein, es winkt irgendwo ein Gespräch. Daraus speist sich das Dasein, formt sich die Ahnung von immerhin möglichem Glück.

Und die vielen Reisenden, fragen Sie, diese Beweglichen, trotz aller Erstarrung im Ich doch noch Bewegten? Sind sie nicht alle Teile einer einzigen Einheit, schicksalhaft, und bei näherem Zusehen in besonderen Momenten einander merkwürdig ähnlich, trotz ihrer Fremdheit durchaus von vergleichbarer, wohlbekannter Substanz?

Also bin auch ich Teil von ihr. Leben ist ja in mir wie in allen. Und die Laute und Wörter, die her- und hingehen auf ihren Bahnen, einander kreuzen, und, wenn der Zufall es fügt, einander begegnen, bezeugen es und sind mir Beweis.

Tanz der Delphine

Sie warfen einen letzten Blick auf die Küstenkarte, lachten, stießen einander in die Rippen. Ulrich sprang auf, um die Schwimmbrille zu holen, Werner faltete die Karte zusammen. Bruno, der Älteste von den dreien, begann mit Lockerungsübungen: Beine, Oberarme und Schultern.

Es geht los, raunte er Lisi zu, mit einem verstohlenen Blick hinter sich und auf Lydia, die mit geschlossenen Augen abseits unter der Pinie lag. Jetzt oder nie! Wir sind zurück noch bevor die Flut kommt.

Lisis Uhr zeigte drei. Schnell sprang sie zu Richard hinüber, der mit Bertie zusammen einen Steinwall baute.

Vor fünf..., sagte sie zu Richard, sind wir zurück. Und Bertie krähte vor Vergnügen.

Wenn die Flut kommt, Mammi, haben wir einen Wall.

Ulrich und Werner waren bereits im Wasser, als Lisi hinzukam. Bruno beschattete mit der Hand seine Augen und sah zu den Inseln hinüber. Delphine, sagte er leise. Wenn wir Glück haben, können wir sie aus der Nähe sehen.

Ich sollte nicht mitkommen, zögerte Lisi. Ich bin zu langsam. Ich schwimme eine kurze Strecke neben euch her und kehre dann um.

Nein, sie würde Bruno nicht die Freude verderben, mit den Burschen das Tempo zu halten, zwei Wochen hatte er dafür trainiert.

Eine halbe Stunde hin, eine halbe zurück. Das ist nicht zu viel, meinte Bruno. Und dort ist der Felsen ganz flach, dort kannst du ausruhen. Seine Augen streiften die ihren, wurden schmal und blitzten hell auf wie Wasser.

Lisi ging langsam hinein, kühlte mit nassen Händen die Kopfhaut. Spielerisch, scheinbar gelangweilt, drehte sie sich um die eigene Achse, blinzelte Bertie zu, winkte zu Richard hinüber und stieß erst ab, als die drei Männer schon weg und außer Rufweite waren. Dabei erhaschte sie Lydias Blick dicht am Ufer.

Täuschte sie sich? War es nicht plötzlich, als sei diese Frau hinter ihr her? Nach wenigen Längen schon sprühte das Wasser in hohem Bogen neben ihr auf.

Feige? fragte Lydia zwischen zwei kraftvollen Stößen. Oder doch, wider Erwarten, gewisse Bedenken?

Sie kam ganz nahe heran, ihre Zähne blinkten zwischen den vollen Lippen. Lisi versuchte auszuweichen. Ich habe... keinen sportlichen Ehrgeiz..., prustete sie verärgert. Ich schwimme... zu meinem Vergnügen.

Natürlich, lachte Lydia, zum Vergnügen. Tauchte kopfüber ab und kam wie ein Fisch wieder hoch.

Zum Vergnügen, was sonst?

Lydia schwamm schön und mühelos. Sie war Brunos Frau. Einen Moment lang schien Lisi von ihrer Gegenwart irritiert, fühlte sich schlaff und unschlüssig.

Bleiben Sie, lenkte Lydia ein. Warum schwimmen wir nicht gemeinsam?

Lydia war dunkelhaarig, schlank, muskulös. Sie war älter als Lisi, um Augen und Mund zogen sich zarte Falten. Lisi erschrak vor dem vollen, tiefen Klang ihrer Stimme. An ihr selber war alles hell und durchsichtig, sogar was sie dachte und tat, schien immer für alle durchschaubar. Jetzt schlug ihr das Herz an die Rippen. Sie hatte Lydia erst vor kurzem kennengelernt, als Bruno seine Frau ganz gegen sonstige Gewohnheiten zu einer Betriebsfeier mitgebracht hatte. Lydias Anwesenheit an diesem Ort aber trübte die Stimmung.

Eine Brandungswelle hinderte beide am Sprechen. Lisi, von der Sonne geblendet, drehte sich halb zur Seite, Brunos Frau den Rücken zukehrend, sah den Strand hinter sich und die Menschen darauf kleiner und kleiner werden, Richard und Bertie wie dünne Striche vor dem grellen Weiß einer Kalkwand, die sich in verblüffender Höhe von Horizont zu Horizont zog.

Was für eine Landschaft! Lisi war glücklich, daß Bruno sie samt ihrer Familie zu diesem gemeinsamen Urlaub überredet hatte. Richard und Bertie waren es ebenfalls.

Haben Sie Angst, mit mir... zu schwimmen? fragte Lydia. Natürlich wäre Ihnen Brunos Begleitung lieber gewesen, das kann ich verstehen, meinte sie. Und nach einer Weile:

Etwas langsam, Ihr Tempo. Hm? Aber was macht das schon aus? Ihretwegen wäre er.... vermutlich sogar gern hinter den anderen zurückgeblieben, wäre dann irgendwo... mit Ihnen an Land gegangen, und niemand hätte etwas davon bemerkt.

Lydia schien äußerst belustigt über diesen Gedanken, schnitt Grimassen, und Lisi fand ihr Lachen um eine Spur zu laut.

Ah! Lisi würde sich hüten, Schwächen einzugestehen. Sie wunderte sich, daß Brunos Frau der Atem nicht wegblieb. Dachte: Ist die gut in Form...

Aber wieso? fragte sie knapp. Ihr selber fiel es nicht leicht, während des Schwimmens zu sprechen. Oder sehen Sie... hier vielleicht... eine Stelle, wo einer... an Land kann?

Die Bucht, die sich vor ihnen öffnete, war von steilen Wänden umschlossen, die beinahe senkrecht zum Wasser hin abfielen. Wie dumm von Lydia, solchen Unsinn zu reden! Eifersucht, was für eine Lächerlichkeit! Richard zum Beispiel wären solche Anschuldigungen nie in den Sinn gekommen. Er hätte ihr einer solchen Lappalie wegen bestimmt keine Szene gemacht.

Lisi drehte sich auf den Rücken, um Kräfte zu sparen. Sie betrachtete das helle Grün ihres Schwimmanzugs auf der perlmuttfarbenen Haut. Im Kontrast zu ihrem rötlichen Haar ein aufreizendes Grün, das im Licht zu flimmern begann, besonders wenn man zur Mittagszeit damit über den Strand ging. Ein Grün, das neugierige Blicke immer nur kurz zu streifen wagten, um gleich wieder wegzusehen. Lisi liebte solche Momente, und deshalb fand sie dieses Grün in der einsamen Bucht als etwas Fremdes, sich selber als Ganzes auch und neben Lydia irgendwie fehl am Platz. Lydias Kostüm war wie das Wasser an seinen tieferen Stellen, dunkelblau.

Lisi fühlte sich unbehaglich, sie wollte jetzt nicht mehr schwimmen. Umzukehren wäre jedoch ein Eingeständnis gewesen.

Das Wasser, eben noch glasklar, wirkte plötzlich undurchsichtig, fast feindselig. Auf etwa sechshundert Meter hatte Bruno seine Tiefe in der Mitte der Bucht geschätzt. Ob es große Fische hier gab?

Das Gesicht in die kühlende Fläche getaucht, suchte Lisi während des Ausatmens die Finsternis zu durchdringen, etwas von ihrem Geheimnis zu erhaschen. Aber die glatte, schwankende Masse versperrte sich ihrem Blick, hob ihren Körper spielerisch auf, stellte sich ihm entgegen. Lisi riß den Kopf hoch und nach hinten, der Wucht des hochschwappenden Wassers ausweichend, und stieß die zurückgehaltene Luft gerade noch aus den Lungen, als schon die nächste Welle herankam. Sie hob ihr Gesicht aus dem Naß, kniff die schmerzenden Augen zusammen und drehte dabei um ein Geringes vom Kurs ab, verärgert über die Ohnmacht, diese so wenig bequeme Lage verändern zu können, hilflos aufgehoben und gleich danach niedergepreßt wie sie war, ein nichtiges Etwas zwischen Schwärze und Himmel. Und wieder ein Schwall über den Schädel hinweg.

Eigentlich..., keuchte Lisi, eigentlich wollte... ich gar nicht mit.

Lydia, die eben aufgetaucht war und mit der nächsten Welle auf sie zuflog, zeigte ein erstauntes Lächeln, so als habe sie eben etwas Sonderbares erblickt. Haben Sie..., fragte sie dicht vor Lisis Augen, haben Sie mit ihm... geschlafen?

Lisi zuckte zurück, rollte unbewußt, weil die Kraft sie verließ, wieder in Rückenlage. Sofort ließ der Druck in den Armen nach. Wenn sie so nahe kommt, dachte sie, kann ich den Arm nicht durchziehen.

Mit schreckgeweiteten Augen starrte sie in den Himmel. Nein. Nein, natürlich... nicht...

Es war wirklich mühsam, mit Lydia das Tempo zu halten.

Absurd! Hätte sie wirklich mit Bruno..., würde sie doch jetzt nicht mit Lydia schwimmen, oder doch? Lisi war viel zu beschäftigt, um genauer denken zu können. Sicher, sie mochte Brunos Lachen, seine kleinen Aufmerksamkeiten, die Art, wie er sie ansah, fröhlich, unbekümmert. Vor allem aber mochte sie diese Anziehungskraft, die von ihr selber ausging, wenn er in der Nähe war. Auch die Spannung, die sie als Ganzes erfaßte, sie hochzog, um im Gespräch zu ihm hinzusehen, die Wärme ihrer eigenen Haut. Gestern hatte er sie beim Tanzen auf den Nacken geküßt. Nein, Lydia konnte das nicht gesehen haben, die Bar war zu dieser Zeit nur sehr matt beleuchtet gewesen.

Das ruhige Wasser in der Mitte der Bucht schien erreicht, die Luft stand still.

Schneller! rief Lydia. Wenn wir so weit zurückbleiben, reicht unsere Zeit nicht.

Die Köpfe der drei Männer, die anfangs noch hie und da von weitem zu erkennen gewesen waren, hatten sich auf der glitzernden Fläche verloren.

Wir sind zu weit in die Bucht geraten, meinte Lydia. Luftlinie wäre besser gewesen. Aber Sie wollten es eben leichter haben, hier in dem... stillen Wasser.

Blanken Spott meinte Lisi aus dieser Bemerkung zu hören. Sie holte daher etwas kräftiger mit den Armen aus und sagte scheinbar leichthin:

Ich mache mir nichts aus... Sport.

Lisi suchte mit den Augen den Horizont nach Delphinen ab. Tauchten sie auf, drohte im Wasser keine Gefahr. Das hatte Bruno gesagt. Mit Bruno wäre sie diese Strecke sicherlich spielend geschwommen, hätte vermutlich die Anstrengung gar nicht bemerkt. Brunos Ansicht nach gab es hier kein gefährliches Wasser, und seit Jahren war in der Bucht kein Unfall passiert. Das wußten alle.

Es ist keinem entgangen, fuhr Lydia unbeirrt fort, wie Sie gestern Abend mit ihm... geflirtet haben.

Lisi, die einer Ungeschicklichkeit wegen einen Schwall Wasser in die Nase bekommen hatte, begann zu husten. Das Licht stach ihr in die Augen. Es war wirklich ärgerlich, keine Schwimmbrille mitgenommen zu haben. Und Brunos geschwätzige Frau, die ihre lässig über der Stirn trug, rückte das schwarzgeränderte Ding jetzt mit einer vielsagenden Handbewegung zurecht. Sie sah damit aus wie ein großer Fisch.

Es dürfte Ihrer Aufmerksamkeit... entgangen sein, begann Lydia von neuem, daß ich nur zwei Tische entfernt hinter Ihnen war. Sie schwamm noch näher an Lisi heran. Und... Bruno hatte gerade...

Lisi wandte sich ab. Nur nicht erschrecken, dachte sie. Völlig ruhig sein! Diese Frau ist eben besser trainiert, das ist alles. Ich werde jetzt nicht auf sie hören, werde einfach an etwas anderes denken. An Bertie zum Beispiel...

Der Gedanke an Bertie hatte immer etwas Heiteres, Vertrautes an sich. Berties Sonnenhütchen! Lisi klammerte sich an den Gedanken wie an endliches Festland. Hatte Bertie, als sie wegging, wirklich sein gelbes Sonnenhütchen getragen? Ob Richard darauf achten würde? Sie fühlte, wie die Muskulatur ihrer Beine weicher wurde und nahm sich vor, besser auf ihre Atmung zu achten. Ausatmen, dachte sie. Strekken. Lang. Und dann kräftiger durchziehen.

Lydia ließ nicht locker. Wenn Sie sich aus Sport ... nichts machen, was ist es dann, das Sie am Schwimmen interessiert?

Lisi war gerade wieder beim Ausatmen, warf ihre

Stirn weit nach vorn und blieb unter Wasser, solange das möglich war. Diesmal war es ein Ausatmen, so wie es sein sollte. Eine halbe Stunde hin, eine halbe zurück, hatte Bruno gesagt. Hatte auch von einem Platz zum Ausruhen gesprochen. Aber die steilen Wände, die die Bucht umschlossen, versperrten noch immer die Sicht.

Jetzt werden Sie eben, lachte Lydia, mit meiner Gesellschaft auskommen müssen...

Die beiden Frauen durchzogen die Bucht bis zum anderen Ende und kamen dann wieder in bewegteres Wasser. Da meinte Lisi, sich einfach tragen lassen zu können und überhaupt nichts mehr denken zu müssen, als eine unvermutete Welle sie aufhob. In diesem Bruchteil einer Sekunde sah sie die Landzunge, die zu umrunden war. Gischt und ein paar weiße Kalkblöcke zeigten den Weg an.

Sie schwammen zügig, schafften den Bogen. Dort lag der Küstenstreifen, und irgendwo, noch kaum erkennbar, der Rastplatz, eingebettet zwischen Geröll und farblosem Strauchwerk. Drei Pünktchen lösten sich davon ab und kamen durchs Wasser, nach und nach größer werdend, Bruno mit Ulrich und Werner, bereits auf dem Rückweg.

Lisi folgte Brunos Frau, die jetzt vorausschwamm, aber die Entgegenkommenden schienen die beiden nicht zu bemerken und zogen, weit vom Ufer entfernt, und ohne ein Zeichen zu geben, vorbei. Wellenberge hoben und senkten sich, nahmen die Sicht.

Er hat die Delphine gesehen, dachte Lisi, er denkt jetzt nichts anderes.

Ein Flimmern der Luft, ein Schwächegefühl. Mit

einer leichten Handbewegung schon hätte, wer da nur wollte, sie jetzt unter Wasser halten können. Ein wenig wurde ihr übel. Dann kam die Landung. Steilufer, Kanten. Stacheliges und allerlei Schlüpfriges. Stolpersteine. Ein Schrei.

Die Felsplatte über dem Geröll war etwa zwei mal zwei Meter groß, dahinter ragte die Steilwand auf. Lisi zitterte, spie Wasser und Schleim aus. Lydia hob ein paar Brocken auf, schleuderte sie zu Boden und gegen die Wand. Man kann nicht vorsichtig genug sein, sagte sie. Aber alles blieb ruhig. Es gab keine Schlangen.

Nebeneinander saßen sie auf dem glühheißen Stein. Plötzlich war da die Hand an Lisis Puls, der kurze Druck am Gelenk, und beim Hintübersinken mit geschlossenen Augen der rettende Zugriff im Nacken. Auf dem rasch untergeschobenen, flachen Brocken, lag nun, durch Lydias Hilfe geschont, Lisis Kopf wie gar nicht zu ihr gehörig. Das eilig zusammengeraffte Haar linderte den Druck wie ein Kissen.

Alles in allem, meinte Lydia, waren Sie gar nicht so schlecht. Ich konnte ja nicht wissen, daß das eine Anstrengung für Sie war, wirklich nicht. Aber keine Sorge! So schlimm ist die Flut ja nun auch wieder nicht. Das Wasser steigt hier kaum einen Meter. Ein paar Wellen, ein bißchen Brandung.

Lisi zitterte immer noch, ihre Gelenke verloren nur langsam die Starre. Die Sonne durchwärmte ihre Haut, die rötlichen Strähnen über der Stirn begannen sich wieder zu kräuseln. Durch den Wimpernschleier betrachtete Lisi Lydias Kopf mit dem kurzen Haar dicht neben sich. Wie das Fell einer schwarzen Katze, dachte sie. Aber ich bin ihr gewachsen, weiß Gott.

Sie atmete langsamer jetzt, stieß erleichtert die Luft aus und sog sie bewußt wieder ein. Hob sich von dem Stein, dehnte und streckte sich. Nacken, Arme und Beine, solang, bis die Kraft in alle Muskeln zurückgekehrt und alles an ihr wieder weich und warm war. Dann schüttelte sie die restlichen Tropfen aus ihrem Haar.

Ein paar Inseln lagen über den Horizont gestreut wie längliche Perlen. Nur eine von ihnen, deutlich nähergerückt, gab sich mit zerklüftetem Gestein genau zu erkennen. Davor in dem Blau erschienen jetzt feine Schlingen und Schleifen, Fontänen, die sich hoben und senkten, zarte, glitzernde Bögen über dem Wasser.

Delphine! rief Lydia. Sehen Sie? Es müssen unglaublich viele sein!

Die silbernen Spitzen und Zacken zerrissen und knüpften sich wieder, zerstoben und leuchteten auf, ein schillernd sich wandelndes, lichtes Schleiergespinst. Dazwischen die Leiber der Tiere, gebogen wie Mondsicheln.

Eine seltsame Erregung hatte sich Lydias bemächtigt, ihre Wangen röteten sich.

Meinen Sie..., meinen Sie, daß Bruno das auch so gesehen hat? Bruno, müssen Sie wissen, ist ganz verrückt nach Delphinen. Bruno...

Lydia hatte sich weit nach vorne gebeugt.

Und deswegen will er..., sie verbesserte sich. Deswegen fahren wir jedes Jahr und immer wieder hierher. Immer wieder. Bruno will...

Dieser veränderte Klang in Lydias Stimme! Das war es also. Brunos Delphine. Brunos Urlaub. Das ganze nur Brunos wegen...

Zur Hölle mit Bruno, dachte Lisi wütend. Da schwimmt sie den ganzen weiten Weg bis hierher und denkt nur an ihn, wenn sie hier die Delphine sieht. Laut sprudelte es aus ihr heraus.

Aber sehen Sie doch! Dort drüben! Übrigens, weil Sie schon Bruno erwähnen: Er hätte uns einfach sehen *müssen* vorhin! Finden Sie nicht auch?

Aber Lydias Augen standen schon voll Wasser.

Die Delphine schossen auf und verschwanden wieder, um mit erneuter Kraft an anderer Stelle emporzutauchen. Lisi betrachtete Brunos Frau, Brunos starke, hartnäckige Frau, und zugleich wie durch einen Schleier sich selbst.

Lydia mit ihrer blinden Liebe, dachte sie. Aber vielleicht ist das immer so, vielleicht muß das so sein. Wie eine Schwerkraft ist diese Frau, die zu ihm hinzieht, zu der Bruno zurückmuß. Dagegen sie selber...

Sie selber wußte sich in ihrem Innern ganz leicht, ohne Schmerz, ohne wirkliches Wünschen. Die Tränen in Lydias Augen erschreckten sie als etwas Fremdes, Unverständliches, so wie auch der Mann dieser Frau ihr, Lisi, im Grunde ein Fremder, Unverständlicher war. Obwohl sie ihn mochte. Sein Kuß, sie fühlte es deutlich, nicht ohne Verwunderung, hatte in ihr nichts hinterlassen. Angenehm war es gewesen, weiter nichts, so wie auch anderes ihr angenehm war, dieses Badekostüm zum Beispiel, dieses herrliche, frische Gefühl auf der Haut. Morgen würde sie wieder über den Strand spazieren in diesem nur ihr allein zugehörigen Grün, und Brunos Augen würden ihr folgen, was wiederum angenehm war, aber von keiner Bedeutung. Liebe ist eine Last, dachte Lisi. Eine Last, derer man sich entledigen sollte. Liebe macht traurig. Arme Lydia!

Das Bewußtsein, daß sie selber Bruno nicht liebte, verlieh ihr Gelassenheit, Ruhe und Kraft. Hob ihre sportliche Unterlegenheit Lydia gegenüber beinah wieder auf.

Aber es war eine Leere in ihr. Sie sah an ihrem Körper herab, sah dieses lächerlich nutzlose Grün an sich, sah die Füße, die beim Aufstehen auf dem flachen Stein von sich aus, so als trügen sie kein Gewicht, zu tänzeln begannen. Diese Leichtigkeit, so als sei da kein Widerstand, eine Bewegung im Nichts. Und gleichzeitig sah sie die Frau neben sich, die jetzt merkwürdig klein und außerhalb des Wassers plötzlich schwer, ja beinahe plump erschien, und die doch in ihren Zügen etwas mit sich trug, das sie alles rundum vergessen ließ, selbst die Delphine. Fast hätte Lisi Brunos Frau nun doch noch beneidet, aber nicht Brunos wegen. Nein, sicher nicht Brunos wegen.

Nachdenklich legte Lisi ihren Arm um Lydias Schulter und neigte ihren Kopf etwas schräg, um das dunkle, nasse Gesicht neben sich besser sehen zu können. Verlegen war sie, ratlos.

Gehen wir jetzt...?

Die Delphine waren verschwunden, auch das Glänzen der Luft. Die Verwandlung der Farben vom silbrigen Blau zum Tiefviolett brachte den Frauen die Zeit, das Drängende ihrer Lage, mit einem Mal ins Bewußtsein. Das Wasser war kühl.

Stumm schwammen sie nebeneinander, der Abstand zwischen ihnen vergrößerte oder verringerte sich je nach der Laune der Wellen. Lisi hatte überraschenderweise ihre Kondition wiedergewonnen, sie hätte selber nicht sagen können, woran das lag. Sie achtete auf exakte Atmung und geschickte Nutzung der Kräfte und kam gut voran. Als die Landzunge erreicht war, blies ihnen ein Wind entgegen. Das Wasser bewegte sich stark, weiße Schaumkronen tanzten über die Kämme.

Die Richtung einzuhalten, war von hier aus nicht schwer, man konnte das Ufer und seine markantesten Punkte erkennen, die Zackenlinie des Gebirges, und darunter, ab und zu von den Wellenbergen aus sichtbar, ein weißes Würfelchen, das ihr Hotel war.

Es war mühsam. Hochgetragen und gleich wieder weggeschwemmt, kämpften sie darum, einander nicht aus den Augen zu verlieren. Als sie sich ihrem Ziel näher wußten, suchten sie mit den Augen das Ufer ab nach einer Stelle, wo hinter hochgehender Brandung statt scharfkantiger Steine eine flache, mit feinerem Kies bedeckte Landebank das Toben des Wassers besänftigte. Fanden durch hoch aufschlagenden Schaum und das Getöse, faßten nach schwindelerregenden Sprüngen durch die Gischt endlich Fuß, nicht ohne wieder und wieder aufgehoben zu werden beim Rücklauf der Wassermassen, und beim Anrollen vorwärtszustürzen auf ihre von Steinen und Muschelsplittern blutig zerschundenen Knie.

Der Uferrand war überflutet, das Wasser leckte hinauf bis zu den Pinien, wühlte den Sand dort auf und nahm ihn rückfließend mit.

Lisi und Lydia taumelten an Land. Es war, als ob der Boden unter ihren Füßen sich wölbte, so beschrieb Lisi es später, als sie gestand, sie hätte zu diesem Zeitpunkt keine drei Stöße mehr schwimmen können.

Es dauerte eine Weile, bis sie sich gefaßt hatten und alles begriffen. Eine die andere, diese ganze verdammte Lächerlichkeit. Und sich selbst.

Diese Drehung im Kopf wie im Rausch! Diese Schwere! Dazu das dumpfe, undeutliche Gefühl, ab jetzt nicht mehr sprechen zu können. Nicht darüber. Weil etwas Wesentliches in diesem Augenblick und in allen, die folgen würden, sie unterschied.

Verrückt..., ärgerte sich Richard. So lange weg zu bleiben! Es ist fünf Uhr vorbei, Bertie hat einen Schuh verloren, und überhaupt...

Bruno saß mit Werner und Ulrich längst oben auf der Terrasse wie jeden Tag, wenn die Flut die kleine Gesellschaft vom Strand trieb. Sie begannen gerade ihr Kartenspiel.

Gut, daß ihr da seid! rief Bruno über die Schulter, fröhlich unbekümmert, und ohne sich umzudrehen.

Jetzt könnt ihr gleich sehen, wie ich gewinne!

Der Merkur

In Unruhe finden wir uns und suchen ein Festes; Dinge, die bleiben, die überdauern und in sich ruhen. Suchen die Form, die der Wandelbarkeit sich widersetzt, denn wir, die Beweglichen, die Bewegten, meiden die Form nur allzu gern für uns selber. Amorph ist alles. Doch wer allzu oft in Neues, Ungewisses gedrängt wird, kann diese Veränderlichkeit mit der Zeit leicht als Verwirrung empfinden. So wächst nach und nach die Sehnsucht nach Bleibendem, nach der Dauer.

In dem Haus, von dem ich jetzt reden will, darf der Rastlose ausruhen, ein Ort wie dieser ist wie geschaffen für ihn. Denn im Gegensatze zu jenen, die ihre Tage durcheilen, um gewesen zu sein, wo sie nicht bleiben werden, in Ganzheit nie sind, gibt es solche, die wollen, während sie reisen, so wie die Dinge, einfach nur da sein und ruhen. Museen wie dieses sind Ziel und Zuflucht für sie. Vielhundertjährige Mauern aus Stein laden ein zum Bleiben, gewähren dem Einzelnen Stille, Spiegelung in sich selbst. Hier hält er vor Statuen, steht vor Bildern...

Maskenlos. Blöße in den Gesichtern. Schauen und staunen. Zwischen alten, verwischten Schriften, Skulpturen, zerscherbten Gefäßen setzt einer bald leiser die Sohlen auf, um nicht zu stören, was da wie ferner Zeiten Hauch ihn zärtlich berührt.

Mag sein, daß manchmal alte Spannung, ein zu lange verdrängt gewesener Mangel, die Proportion eines Kunstwerks verschiebt, mag sein, es stören Wissenslücken, das Unvermögen, sich Orte und Zeiten betreffend zu orientieren. Doch mancheiner müht sich, die Wirrnis im eigenen Ich, wo sie vor einem Bildwerk ihm zu Bewußtsein kommt, für sich selber zu ordnen.

Objektivieren, hatte der Professor neulich gemeint, als ich ihm diesbezüglich einige Fragen stellte. Objektivieren! Schreiben Sie alles auf, selbst das, was Sie nicht verstehen. Das ganz besonders! Immer wird ja das schwer Verständliche klarer, sobald es dargestellt, das Unerträgliche milder, wo es beschrieben wird. Wenn die Schrift es den Hirngespinsten nur in der je besonderen Weise entreißt...

Erinnern Sie sich genau, sagte er. Greifen Sie alte Ängste und alles, was krank macht, aus Ihrem Bewußtsein heraus, und stellen Sie es in die Ruhe einer anderen Umgebung. Dann formen Sie alles neu auf dem Weiß des Papiers.

Wie rettende Strohhalme treiben seine Worte noch immer in meinem Gedächtnis.

Nein, hier im Museum verstört nichts. Hier bin ich geborgen, dieses Haus liebe ich mehr als alle.

Die Mittagszeit ist noch nicht vorüber, nur wenige Menschen sind unterwegs. Vor einer Säule im kühlen, quadratischen Hof sitzen Kinder. Auf einer Bank baumelt ein kleines Mädchen mit den Beinen. Mit wachen Augen schaut es herüber, beobachtet, prüft. Die jungen Leute im Hintergrund plaudern verhalten. Hier fällt es leicht, sich aus eigenen Grübeleien herauszureißen, Fesseln schicksalhafter Verstrickung abzustreifen, wenn auch nur für die Dauer dieser Stunde.

Jetzt fließen versiegende Sätze wieder, und das Notizbuch in meiner Hand nimmt alles auf. Andere, die nichts aufschreiben, müssen das Unfaßbare in irritierender Realität erdulden, das Ungeklärte in eigene Handlungen einbeziehen. Wer schreibt, braucht das nicht, macht sich zum Spiegel für das was ist, und mit der Verarbeitung der ihm zugefallenen Bilder entfaltet sich eine ihm gemäße bessere, endlich faßbare Welt.

Der Aufgang von den Arkaden zu den oberen Räumen liegt in wohltuendem Schatten. Die Stufen sind steil, erfordern den vollen, zielbewußten Einsatz der Füße. Und dennoch ist dieses eines der Häuser, die, kaum betreten, dem Gast bald gemäßes Zuhause sind, das ihn, den Ruhelosen in seiner Ganzheit umschließt. Nicht nur den Körper, der sich, von stummen Gesetzen getrieben, ganz selbstverständlich hinein- und über Stufen hinaufmüht. Das Haus wird ihm Ruhestatt, Hülle, wird warmer, perlmuttfarben schimmernder Raum für seine Gedanken. Das wechselnde Licht, das von oben her durch die Fenster tritt, verspricht Heiterkeit und schöne Erhebung.

Strahlendes Weiß. Majoliken. Luca della Robbia, dort die Jungfrau mit Kind. Eine kleine Gruppe von Besuchern zieht daran vorbei. Ihre Stimmen zerschneiden die im Inneren eingetretene Stille, verebben und tönen aus der Ferne nach. Einige hasten noch kreuz und quer. Dort drüben schlendert ein Einzelner, so wie ich, von Skulptur zu Skulptur, hebt seine leergewordenen Augen von Schaustück zu Schaustück, um sie mit etwas zu füllen, das endlich Form hat...

Ein unscheinbarer Mensch ist das, einer, der es sich, so wie ich, hier bequem macht. Dessen Seele sich, endlich gestillt, in die steinernen Formen schmiegt und nichts will als Frieden.

Aber der Einzelgänger tappt, seine Augen bald rechts, bald nach links erhoben, unsicheren Schritts vor mir her. Ist er vielleicht einer wie ich, der sich selber erst ordnen muß, ehe er sich einläßt auf das, was er sieht? Mir will es scheinen, als sei er, weil gar so erstaunt, zum ersten Mal da. Woher er kommt, ist nicht wichtig.

Immer noch schlendert er vor mir her. Nun, dem schmalen Menschentypus mit dunklerem Haar, der hierorts so häufig zu treffen ist, scheint er nicht anzugehören, dazu fehlt ein Gewisses an Art und Bewegung. Zu sehen ist ein eher plumpes Profil, weder alt noch jung, weder schön noch von besonderem Ausdruck. Braunglattes, nachlässig abgeschnittenes Haar. Sein Gang ist schwer, so als trüge er eine Last.

Aber wen interessiert schon ein kleiner, müder Mensch zwischen den Werken der Größten! Unsereiner, so will mir scheinen, wendet sich lieber dem Schönen zu. Daher auch plötzlich diese verspielte Frage an mich selbst: Wie lange schon bin ich nicht hier gewesen? Was von alledem kenne ich wieder?

Ein Wunder das Gewaber des Lichts auf den Figuren! Erinnerungen, Bewegungen, Metamorphosen. Das Unbewußte hält den Blick darauf fest, projiziert Innerstes auf ein Werk, deutet, verändert in Gedanken, schweift ab und weitet aus, erkennt, verändert sich selber damit. Verknüpft, verknotet...

Natürlich reißt das auch Wunden auf, aber ein Neues entsteht und mit ihm auch Kraft, weil das, was die Sinne wahrnehmen, sich im Inneren mit Eigenem, lange schon Dagewesenem verbindet. So entsteht Beziehung, vielleicht einer kleinen, unbedeutenden Ähnlichkeit wegen, die ja allem Menschlichen innewohnt. Durch das Aufspüren von Strukturen im Bildwerk erkenne ich Züge einer lächelnden Gottheit als Teil tief in mir, bruchstückhaft verwandelt, binde ich mich als winziges Teilchen ihm an. Finde ich es deshalb so schön, aufgelöst und selbstherrlich wie ich bin? Ist deshalb vielleicht die Betrachtung des Schönen die Medizin, die mich heilt, mich schließlich am Leben hält?

Aber, so werden Sie einwenden: diese gefährliche, damit verbundene Abkehr vom Draußen! Natürlich, der Einspruch besteht zurecht. Aber so ist es nun eben! Nicht Wirklichkeiten, sondern Möglichkeiten ziehen uns an. Hier lasse ich mich nur allzu gern stimulieren, vereinnahmen, Ja, auch täuschen. Das ist es ja, was auch unsicher macht und am Ende das Zögern bewirkt vor der unvermeidbaren Rückkehr nach draußen, zurück zu den alten Sorgen, den alten Widrigkeiten. Nur hier kann ich sein, was ich sein will, sein muß...

Nichts ist so selbstverständlich, als vor so viel Schönheit die Augen ein wenig zu schließen, damit das Erlebte der neu errungenen Form nicht entflieht.

Plötzlich taucht aus der Rahmung des Eingangs eine Schar Halbwüchsiger auf. Ihre Fröhlichkeit verbreitet sich bis in alle Ecken. Sie haben einen Sachverständigen dabei, der sie führt. Er erklärt, und gleichzeitig drehen sich ihre Gesichter in jede ihnen gewiesene Richtung. Offene Münder. Grellbunt gelackte Fingerspitzen, die aneinander berühren. Lauthals Gelächter.

Dann Bronzefiguren. Sanfter Schimmer auf blankem Metall. Schon leuchtet der Körper jenes himmlischen Läufers auf, tänzerisch schlank, der Sterblichen Blick mit unnachahmlicher Geste nach oben lenkend. Merkur, der Gott.

Mir zugeordnet scheint er vom Anfang an, Merkur, mein sternenbestimmter Begleiter. Einer voll List, Kraft und Schönheit. Einer, der einst selbst den mächtigen Zeus zum Staunen gebracht hat, und das als kaum geborener Knabe. Wie er, Sohn des Göttervaters, von Anbeginn schon ganz Gott, von den anderen Göttern beneidet wird! Sogar sein Bruder Apoll ist eifersüchtig auf ihn wegen seiner unglaublichen Taten.

Wie, so fragen die Staunenden, muß denn einer beschaffen sein, damit Apoll ihn beneide? Nun, ich probe die Antwort: Gerade so, wie ihn die Hand des Meisters hier vor unser Auge gestellt hat. Merkur als der von Anfang an Bewegliche, Bote seiner selbst, Erfinder alles schöpferischen Tuns und der himmlischen Leier.

Diese Frage stellte sich gewiß auch der Künstler, Jean de Boulogne, oder später: Giovanni da Bologna, Giambologna genannt. Franzose, Flame, Italiener zugleich, der Norden und Süden, Ruhe und Feuergeist, wie keiner in sich vereint. Und seine Auftraggeber gaben ihm recht. So und nicht anders sei des Merkurs Gestalt! Für dieses Werk wurde Meister Giovanni gelobt und beauftragt, und das nicht nur einmal, sondern viele Male, denn in mehreren Ausführungen, Größen und Besonderheiten gibt es den Bronzeguß. Die Abweichungen voneinander sind gering.

Wie oft besuche ich nun schon diesen ewig jungen, eilenden Gott, an all den Stätten, die sein Abbild bewahren? Merkur, den Geflügelten, der hier vielleicht seine schönste Wohnstatt hat?

Dieses Äußerste seiner Bewegung! Vom Atem Zephirs gehoben, überwindet er im Fluglauf die Statik bis an die Grenze des Möglichen. Vorrecht der Götter ist dies, das unsere nicht! Schon hebt er ab im mittäglichen Lichtstrahl mit blinkendem Sonnenhelm. Und beweist, wie weit er über das Maß menschlichen Fußvolks, all dieser armseligen Wanderer, Strauchler, sich frei und leichtfüßig erhebt, göttlich erhaben über so viel lächerliches, stümperhaftes Bemühen, das unsereins an den Tag legt.

Mit welch unglaublicher Kühle und Gleichgültigkeit er dieses vermag! Das ist es ja auch, was uns ins Herz trifft, uns überlagert, uns in den Schatten stellt, bis es schmerzt! Nicht nur sein Körper, auch das, was kraft der Souveränität eines mächtigeren Willens jäh ihn vom Boden hebt, trennt ihn für immer von unserer Welt. Nichts haben wir mit ihm gemein. Hier ist einer, der menschlisches Regelwerk außer Kraft setzt, die Schranken der Wirklichkeit aufhebt, und nicht nur wie wir bloß versucht..., und immer wieder versucht.

Das alles scheint auch der fremde Mensch, jetzt mein einziges Gegenüber, beim Schauen bemerkt zu haben. Dieser schwerfällige, müde Besucher, der jetzt scheu seine Schritte um das Bildwerk lenkt. Den linken Fuß des vom Wind getragenen Gottes läßt er nicht aus den Augen, er hält seinen Mund geöffnet. Mit zunehmender Atemlosigkeit angesichts dieses Wunders erstarren seine Züge. Armer, kleiner Mensch, denke ich ohne besonderes Mitgefühl. So geht es uns allen.

Mythos Merkur. Erfinder der Leier. Ein Äußerstes

aller lebendigen Menschennatur hat der Künstler hier zu verkünden: die Kraft, sich über Irdisches zu erheben. Zu singen! Jäh zeigt sich darin des Menschen verhängnisvolle Euphorie, die sich entzündet am Wissen, am Werden, am scheinbar ewigen Wachstum. Am Wissen um Schönheit, die sich in dieser einen Figur verbildlichen will, die von der Renaissance des Antiken ausgehend, sich steigert bis hin zur Apotheose menschlischen Größenwahns im Aufflammen seiner Gedankenglut. Barock.

Fliegend wie Merkur sich zu erheben, bis an die verbotenen Felder des Olymp, um uns die Hybris menschlichen Wollens mit all ihren Möglichkeiten vor Augen zu bringen, unverrottbar, das lehrt uns der Meister. Meister Giovanni zeigt uns den fliegenden Gott, so wie er seit Ewigkeiten in vielen Gehirnen lebt! Als des Menschen Traum von sich selbst, als Verherrlichung seiner selbst, als ewig sich erhebender Gesang seiner Seele.

Solches in uns zu bewirken ist Bruder Apoll nicht gegönnt. Deshalb überläßt Merkur auch leichten Sinns ihm sein Instrument, er braucht es nicht mehr. Er hat Flügel an Helm und Füßen, die ihn mühelos tragen, wohin er nur will. Seht her! Ich bin es, der Gott! Und der Fuß, der die Erde im Lauf kaum berührt, hebt ab, schwebend, und läßt uns in unserer Erdenschwere zurück. Seine rechte, hochgeworfene Hand, weist über Wolken, während die linke das eherne Zeichen schwingt, den Stab, um den sich zwei Schlangen winden, von Vogelschwingen gekrönt.

Ein Äußerstes hat Meister Giovanni hier erfaßt und geschaffen. Menschliche Form, sich selbst übersteigend.

Sehnsucht, dem Mythos verfallen, es seinem Gott gleichzutun. Ach, dieses ewige Flüstern der Schlange am Baum, diese Verführung zur ältesten Sünde der Welt! Dies hier ist einer in Menschengestalt, für den das Verbot nicht gilt, für den es die Wirkung nicht hat. Dies hinterläßt in der Seele den Brand, die das sehen, muß Ohnmacht befallen und zornige Hilflosigkeit. Die plumpe Last des eigenen Leibes wird schmerzhafter als je hier bewußt. Bleiern haften die Füße auf dem unnachgiebigen Boden.

Mir gegenüber steht, den Blick unverwandt auf den fliegenden Gott gerichtet, derselbe Museumsbesucher, den ich schon längere Zeit beobachtet habe. Sein Gesicht wirkt jetzt verzerrt, seine Lippen fahl, die Augen sind wie in Wut gerötet. Auf der Stirn schwillt ihm die Ader. Ist auch er vielleicht einer, der sich auf Außergewöhnliches einläßt? Der nach dem Höchsten greift und doch nie zum Zug kommt?

Gehen Sie doch weiter, denke ich traurig. Und ungeduldig. Das ist nichts für Sie! Sie werden sich nie über den Boden erheben, und die Leier ist auch nicht für Sie bestimmt. Gewiß sind Sie nicht der, der Sie zu sein glauben, Sie sind auch nicht der, der Sie in Träumen vielleicht manchmal sind. Ich bitte Sie, was sind schon Träume eines ganz gewöhnlichen Sterblichen ohne jene strahlende Schönheit, die von Unsterblichen kommt, ohne deren augenscheinlich gewordenen Höhenflug?

Nein, natürlich sage ich nichts. Habe für den Fremden auch keinen Blick, keinen noch so bescheidenen Trost. Ich kenne ihn ja gar nicht. Obwohl, so scheint es mir kurz, einer des anderen Schmerz und Hinfälligkeit durchaus erahnen, in gewisser Weise vielleicht sogar in Schranken halten könnte, mit ein paar Worten bloß. Aber so sind eben wir Menschen. So leicht, und andererseits doch so wenig vom göttlichen Hauch berührt.

Wo, wenn nicht hier, stellt sich die Frage nach begrenzter Körperlichkeit derart jäh? Wo treten Mängel leiblicher Natur und Schwächen menschliches Fleisches peinvoller zutage als vor dem beherrschenden Dasein des Schönen? Auch mir zittern ja meine Knie! Der Nacken schmerzt!

Einen Moment lang will es scheinen, als erkenne auch jener Fremde vor mir, was ihm für immer verloren bleibt. Was er ist, und auch was er nicht ist angesichts eines vollkommenen Bilds erahnter Gottheit. Ach! Plötzlich zu wissen, daß man sich - in sich - getäuscht haben müsse, daß plötzlich etwas wie eine neu zu entdeckende Wahrheit alles Bisherige tilgt! Und wie geblendet nur mehr dies eine zu erfassen, nur mehr diese eine, schreckliche Wahrheit, zu verstehen...

Meine Blicke und die des Fremden kreuzen einander. Im selben Moment, in dem in der Mitte des Raums die geahnte Nähe zweier Gedankengänge gleich einer Offenbarung aufblitzt, die Züge des Unbekannten vielleicht etwas von meinen tragen, da fällt er, wie vom Blitz getroffen zu Boden. Liegt dem Merkur zu Füßen, wie von unsichtbaren Klettersteigen gestürzt. Im Fallen dreht er sich, wendet sein Gesicht ab von dem schimmernden Kunstobjekt, seine Augen werden weit, starren von unten hinauf ins Leere.

Ein Aufseher springt herbei, sehr erschrocken. Ein anderer rennt um ein Glas Wasser. Ich möchte helfen, aber wie? Die beiden rufen einander eine Telefonnummer zu. Es ist Eile vonnöten. Mich brauchen sie nicht. Mit verhaltener Geste weist man mich hin zur Tür, die sich, weil niemand sonst in dem Saal ist, gleich nach mir schließt.

Luft! - Öffnet hier keiner ein Fenster? Das grelle Licht, das auf den Skulpturen liegt, blendet. Die Hitze ist unerträglich. Nein, keiner soll sein wie ein Gott! Und die sich erheben, stürzt er ins Bodenlose. Ich bin verschont geblieben. Aber verjagt bin ich und flüchte, schwindlig und taumelnd, hinaus wie aus dem Paradies.

Beim Hinuntersteigen, die Treppe erfordert jetzt meine ganze Aufmerksamkeit, ist von unten her Lärm zu hören. Eine dichte Traube drängender Menschen, dazu die schrillen Stimmen der Museumsführer. Ich muß mitten hindurch, den Atem der Menge im Gesicht. Die eigene Schwäche nur nicht aufkommen lassen, denke ich. Nicht die Angst!

Jetzt wird auch klar, warum man den Merkur seit jeher den Seelenbegleiter nennt, den, der die Menschen aus irdischen Bereichen hinüber und hinuntergeleitet an den ewigen Fluß.

*

Da liegt auch schon eine vertraute Hand auf meinem Arm: Kommen Sie, meine Liebe..., gleich hinüber zum Ausgang! Es ist besser, wir meiden das Gedränge! Bald können Sie ausruhen.

Wie immer hat mich die liebenswürdige Fürsorglichkeit des Professors überrascht. Ich folge ihm, ohne mich umzusehen. Heute hat er ein Buch mitgebracht, aus der verbeulten Tasche seines farblosen Leinensakkos blitzt es mit Goldschnitt hervor.

Raten Sie! lacht er verschmitzt. Raten Sie, was es ist! Sehen Sie nicht auf den Titel! Und während er blättert und dabei schon leise zu rezitieren beginnt, lehne ich mich mit schweren Lidern in den Korbstuhl zurück, der beschattet ist von einem blauweißen Sonnenschirm.

Gleichmäßig perlen Terzinen dahin. Wie Wasser. Landini scheint zu lächeln während er liest. Schon will seine wunderliche Heiterkeit auch auf mich übergreifen, und das Schreckliche verliert nach und nach seine Macht. Die Furchen in dem feinen Gesicht des alten Herrn glätten sich. Mit der Welt um ihn her hat er nichts gemein.

Aber was weiß denn einer wirklich vom andern! Was weiß denn ich von Landini! Und was wird er je von mir wissen?

Erde und Himmel

Vergessen? Ob ich nicht manches vergessen habe im Laufe der Jahre? Aber gewiß! Begebenheiten, die irgendwann unter irgendwelchen Bedingungen stattgefunden haben, nicht aufgezeichnet wurden, weil anderes wichtiger war, und die deshalb verlöschen.

Weniger leicht wird vergessen, was gar niemals stattgefunden hat, nur in Gedanken. An Stunden der Leere erinnert einer sich manchmal am liebsten, an jene überdeutlich gefühlte Abwesenheit von allem. An Sprachlosigkeit, die eine besondere Schärfe des Gedächtnisses mit sich bringt.

Es verliert ja, was aus dem Mangel an realem Erleben sich ergibt, nicht an Wichtigkeit. Was nicht ist oder nicht sein kann, verdichtet sich im Gedächtnis, wird in besonderer Weise sein Gegenstand, weil es abgetrennt ist von allem bloß Äußerlichem. Es gewinnt an Bedeutung, intensiviert sich und wird - als Geheimnis - tiefer empfunden als anderes: das absolute Erlebnis.

Schwer in Worte zu fassen sind solche Erinnerungen. Fast so schwer wie die Liebe, die ja auch unabhängig ist von dem, was geschieht. Was zählt, sind nicht Konkretionen, vielmehr die Art und Weise, wie selbst ein Nichts an Äußerlichkeiten erlebt wird, wie einer davon erfüllt wird, verwandelt. Nicht nur Geschehnisse werden so zum Ereignis, vielmehr das Erleben selbst, sein Wirken im Wesenskern und die Verankerung darin. Gewiß sind es lichte Momente, seltene auch, in denen, ganz ohne Anspruch, inneres Leben sich selber genügt.

Hier eines jener Erinnerungsbilder: Am Ufer des tief in sein Bett gesunkenen Flusses drängen sich, dicht an dicht die alten Paläste und Häuser einer Stadt. Wolkenschatten und seltsame Brechungen des Lichts, Strukturen kunstvoll getürmten Gemäuers; Dächer, in der Sonne hingebreitete Flächen. Vielfältig sind auch die Farben: rötliches Braun, Blau und Goldorange, schwebend in melancholischer Schwere über der Wellung des Wassers; zitternd darin, verschwimmend.

Frühlicht vom Osten her. Ein erfrischender Morgen. An der Uferrampe bewegen sich, mag sein, noch ein wenig unausgeschlafen, die Künstler der Stadt. Maler jener Landschaft, die so anmutig die morgendliche Idylle umgibt.

Jetzt plaudern sie miteinander in kaum zurückgehaltenen Tönen. Einheimische, aber auch solche, die aus entfernteren Gegenden zugezogen sind. Weil sie hier malen lernen wollen, weil sie keine andere Heimat mehr haben oder aus anderen Gründen, wer weiß. Je nach Haltung, Hautfarbe, Temperament und Laune hebt sich einer vom anderen ab, durch seine eigene Gestik, Lautstärke, Artikulation. Oder durch Schweigsamkeit.

Dort hat eben einer in großen, kräftigen Pinselzügen ein Werk begonnen: Rot, mandarinenfarbig, Gelb, dann wiederum Rot. Warum das so sein muß, weiß der Himmel. Spaziergänger, die überall hier herumstehen, halten die Münder offen vor Neugier oder Bewunderung.

Weiter drüben werden Staffeleien eben erst aufgestellt, Zeichnungen, kostbare Blätter und Rahmen dazwischen. Ein emsiges Hin und Her. Die Touristen halten an, feilschen und ziehen nach ersten Erkundungen wieder weiter. An Tische, Sonnenschirme, oder ganz einfach an die bröckelige Ufermauer gelehnt, hängend an Fäden, oder auf Schnüre gereiht und darauf festgeklemmt, Aquarelle.

Für die Maler beginnt jetzt ihr Tagwerk. Zufrieden nehmen sie auf ihren Schemeln Platz, ein jeder für sich. Sie mischen die Farben.

Nicht weit von ihnen, auf der alten Brücke, ganz oben zwischen sonntäglich geschlossenen Läden, haben sich Maskenbildner niedergelassen. Flink breiten sie ihre papierene Ware auf Decken aus, ein wirres Durcheinander aus wendigen Leibern, Gezänk und Gelärm, durchdringenden Rufen und Münzengeklimper.

Unten, an der Rampe, legen die Landschafts- und Städtemaler eine Vielfalt an Blättern hin. Zeichenstifte halten die Zuschauer in Atem, Geldscheine wechseln von Hand zu Hand, ein Gedränge entsteht. Der letzte in der Reihe der jungen Künstler ordnet gerade seine Farbknöpfe, dann rührt er mit dem Pinsel in winzigen Schälchen zarteste Wasserfarben. Vor sich auf dem Brett liegt sauber gerissenes Papier. Weil seine Bilder so klein sind, daß einer schon nähertreten muß, um etwas zu sehen, zieht es mich bald zum zweiten Male dorthin. Hinkend diesmal, weil zerquetschte Orangenschalen das Kopfsteinpflaster an erhöhten Stellen schlüpfrig gemacht haben, denn in dem Gewühle hebt keiner sie auf.

Um auszuruhen von dem Schmerz, der aufgeflammt ist, halte ich vor den Farbknöpfen an. Dort hüpfen zwei flinke Hände über den Schälchen hin und her, schwingende schwarze Locken verdecken ein braunes Gesicht. Zartfarbige Miniaturen, dicht an dicht, rund um die Staffelei an wollene Fäden geklammert, wehen im Wind, jedes für sich ein Schaustück von besonderer Art. Irgendetwas darin rührt ans Herz.

Solch ein winziges Etwas aus Blaugrün und zärtlichem Gelb ist eben fertig geworden, es wird von seinem Schöpfer mit prüfendem Blick betastet. Schon hängt es zum Trocknen, mit weißen Klüppchen wie eine Perle an andere gereiht, an der wippenden Schnur.

Mit dem geschwollenen Knöchel nur mühsam humpelnd, bleibe ich noch einen Augenblick stehen, aus Not oder aus Neugier, vielleicht auch, um ein Urteil zu suchen für das, was ich hier sehe, was sehend ich bin. Den Träumen bin ich noch nicht zur Gänze entrissen, die Ruhe der Nacht ist noch in mir, auch das ungewollte Erwachen.

Mein Tag, in Abwesenheit aller falschen Gefühle begonnen, sollte die nunmehr beschäftigten Sinne nicht überreizen, vielmehr ihnen Ordnung bringen. Der Schmerz hat aber sein eigenes Gesetz.

Vielleicht auf Grund einer unkontrollierten Bewegung, vielleicht eines schlecht unterdrückten Wehlautes wegen: der dunkle Lockenkopf vor mir hat scharfe Augen, sowohl für seine Farben als auch für das, was rund um sie wahrzunehmen ist. Deshalb hat er, nahe dem Boden sitzend, meinen aufgelaufenen Knöchel und den verzögerten Auftritt des rechten Fußes bemerkt, vielleicht für Sekunden auch etwas von meinem Schmerz, der auf sensible Gemüter manchmal ja überspringt.

Jetzt blickt er auf, weder neugierig noch irritiert,

sondern mit ernster, schlichter Anteilnahme, und geradewegs in meine Augen. Sieht mich an, die glänzenden Zahnreihen leicht geöffnet, mit aufwärts gezogenem Lippenbogen, als begänne ein Lächeln. Geschwind wischt er von dem zweiten Hocker, der hinter ihm in der Sonne steht, ein paar Habseligkeiten weg, deutet mit selbstverständlicher Handbewegung dorthin, die Geste der braunen Hand von lebhafter Rede begleitet. Die ist nicht zu verstehen, weil nicht in der hierzuland üblichen Sprache, auch in keiner anderen, die ich verstehe.

Er handelt spontan, ohne vorausgegangene Überlegung. Also danke ich höflich, humple um die Staffelei herum, und nehme auf dem niedrigen Holzgebild, dicht an der Uferrampe, Platz. Der Junge redet noch immer vor sich hin, redet in meine Augen. Die seinen sind schwarz wie die Farbe auf seinem dunkelsten Farbknopf.

Ashraf..., setzt er am Schluß seines seltsamen Singsangs hinzu, verbeugt sich und legt seine Hand sich aufs Herz.

Ashraf..., sage ich dankbar, erleichtert und seltsam berührt, bewundere diese Anmut, die vollkommene Höflichkeit.

Schneller als ich wahrnehmen kann, taucht Ashraf einen weißen, noch sauberen, Lappen in den Wasserkrug neben sich und legt ihn blitzschnell in meine sich öffnende Hand, mit der seinen eine Spirale deutend. Zeigt auf den geschwollenen Knöchel. Den, einmal rundum gewickelt, kühlt er nun und tut gut.

Sofort wendet Ashraf sich wieder seiner Tätigkeit zu. Von meinem Platz aus darf ich ihm bei seiner Arbeit zusehen, zugleich die vor der Staffelei vorüberziehenden Menschen betrachten, wie sie die Hälse rekken, interessiert.

Menschen kommen von überall her, einzeln, in Gruppen. Bunte und weiße Sonnenhüte auf ihren Köpfen, neugierig, geschwätzig. Sie scheinen Zeit zu haben, so früh am Tag verzerrt die übliche Hast noch nicht die Gesichter.

Was kostet ein Bild? Ach, wie hübsch! Und wie viel? Komm, schau doch! Miniaturen! Entzückend!

Seltsam, die hier vorbeikommen, scheinen von vornherein heute heiter und ruhig gestimmt. Was bedeuten, frage ich mich, solche Minuten für sie, was der Anblick jener kleinen, scheinbar locker hingeworfenen Bilder, die in ihrer eigenen, ganz besonderen Sprache doch so viel von ihrem Erzeuger verraten. Wie klare Lettern. Ich jedenfalls behalte den freundlichen braunen Aquarellisten im Auge, der solche Kostbarkeiten aus nichts als aus einem Hauch von Gelb und Grauviolett auf perlmuttschimmernde Flächen zaubert.

Weniger als zwei Schrittlängen liegen die zarten Bildchen von mir entfernt. Ashraf hat mir sein Profil zugewandt, und nun wieder sein leuchtendes, aus schwarzbewimperten Augenwinkeln hervorbrechendes Lächeln, das auch noch während seiner Arbeit bleibt.

Immer ist es dieselbe duftige Landschaft, die er in zahlosen Konstellationen mit feinstem Pinselchen auf das Papier bringt. Wie gar nichts anderes, so scheint dieses eine Motiv sein Bemühen zu reizen: Olivenbäume, Zypressen.

Welch unvergleichliche Fertigkeit! Erklärt sich daraus der heitere, selbstvergessene Ausdruck in seinem

Gesicht? Erst allmählich gilt mein Blick auch der altmodischen Staffelei.

Araber! antwortet er stolz auf meine neugierige Frage, und legt sein Malwerkzeug auf das Brett. Hält schelmisch eines der fertigen Bildchen hoch, strahlt die Umstehenden an. Wollen Sie kaufen?

Mit sauber geschnittenem Papierstreifen deckt er jetzt die Ränder eines frisch aufgelegten Malgrunds ab, neigt den Kopf schräg darüber und überläßt mir eine zart beflaumte Wange zur Ansicht. Kaum hörbares Murmeln liegt auf seinen Lippen, das läßt ein Selbstgespräch ahnen. Voll Sammlung und Konzentration.

Ihn freut es, daß mich seine Arbeit interessiert. Er nickt zufrieden, zieht mit schlafwandlerischer Sicherheit eine malvenfarbene Linie durch das behauchte Weiß, glücklich, weil das Neue, eben auf dem nassen Papier Erscheinende, in durchaus gelungener Weise über die Leere läuft, und schon zu schweben beginnt. Landschaft? Nein! Luft, durchdrungen von Himmelslicht. Die darunter zu ahnende Erde trennt er davon nicht ab. Es ist, als ob jede ahnbare Grenze von oben und unten mit einer einzigen Bewegung seiner Hand zerfließt und wegschmilzt. Ich halte Ashrafs farbige Phantasien noch unter den Lidern, als die höhersteigende Sonne sie mir verschließt. Da ist nichts, was das innere Schauen stört.

Die Vielfalt der Stimmen vor Ashrafs Staffelei schwillt an, entfernt sich, kommt wieder mit dem Getrappel unsichtbarer Füße. Verebbt. Der Schmerz im Knöchel ist schon nicht mehr zu spüren.

Ashraf murmelt unentwegt vor sich hin. Da niemand ihm zuhört, stelle ich mir vor, daß sein

Lautgemengsel für mich bestimmt ist. Leise und eindringlich erzählt er eine Geschichte, so will es scheinen. Vielleicht ist sie traurig oder sogar schrecklich, denn plötzlich werden Ashrafs Atemzüge tiefer, die braunen Hände beginnen zu flattern, wie aufgescheucht von etwas, das nicht zu sehen ist. Tonfall und Rhythmus machen die Stimmung klar, weder Laute noch Wörter, die ja ohnedies nicht zu deuten sind. Aber das zählt nicht. Wer kann schon sagen, was in des nächsten Herz ist, selbst dann, wenn das, was sein Mund formuliert, vertraut und durchaus faßbar erscheint.

Ashrafs Geschichte ist seine eigene Geschichte, das wird bald klar. Ihre Wahrheit ist seine Wahrheit, wer die zu erkennen vermeinte, wäre ohnehin im Unrecht. Was macht es also aus, wenn ich seine Wörter nicht übersetzen kann. Welchen Anspruch hat einer denn auf die Wahrheiten seines Nächsten? Wer bin ich, daß ich mich erdreisten könnte, auch nur etwas davon zu verstehen? Deshalb macht es nichts aus, daß wir zweierlei Sprachen haben, um etwas auszudrücken. Sei also unbekümmert, Ashraf. Erzähl!

Er setzt sein Gemurmel fort. Zwischendurch dreht er sich mir, aber immer wieder auch seinen möglichen Käufern zu, müht sich aufseufzend in deren vermeintlicher Sprache, versucht, passende Wortkombinationen zu finden und bricht das Kauderwelsch ab, wenn sie weggehen.

Dann sprudeln wieder seine eigenen Sätze, nun bereits unter so lebhaften Gesten, daß ich unwillkürlich, so wie auch er, ein wenig lachen muß. Er lacht mit mir. Lachen ist ein Gemeinsames.

Ashrafs Redelust nimmt immer mehr zu, scheint

schließlich gar nicht mehr zu bezähmen. Ist es die Fremdheit hier, ist es eine ferne, kaum zu erklärende Heimat, die ihn so gesprächig macht? Erzählt er die Geschichten seiner Brüder? Seines Vaters oder der Menschen, die er vielleicht längst verloren hat? Ich bin nicht sicher, was er da unter Zuhilfenahme seiner Hände beschreibt, mir scheint es aber vor allem Landschaft zu sein. Nicht dieselbe, die er hier auf Papier bringt. Es ist eine andere. Ein Wellentanz seiner biegsamen Finger, Sandhügel ab und auf scheinen sie hinzutanzen in flirrender Luft, eine brennende Sonne darüber. Das klare Weiß rund um Ashrafs schwarze Augen füllt sich mit Röte, es ist, als sei es von jeher aus flüssigem, durchsichtigem Stoff gemacht, zarten Schleiern, hinter dem sich in immer reineren Bildern die Kontur seines Wesens zeigt.

Verstohlen streift seine Rechte über Wimpern und Stirn. Ein Seufzen, dann wischt er mit dem Hemdsärmel das braune Gesicht ab.

Das ist es. Du hast Heimweh, Ashraf, sage ich in meiner Sprache. Ist es so? Er nickt, obwohl er dieses ihm fremde Wort sicherlich nicht versteht. Versucht zu lächeln, ein wenig verlegen, verstummt. Und schwenkt sein feines Profil wieder hinüber zur Staffelei und malt. Sandgelb, Sonnenrot. Daneben kaum sichtbares, etwas zaghaftes Grau.

Wie reizend, sagt eine Frau, die vor den kleinen Kunstwerken stehen bleibt.

Es ist kein Gespräch, das ich mit diesem Knaben führe, vielmehr die Abwesenheit eines solchen, darum wiegt es ja auch so schwer. Aber manches läßt sich ohne gröbere Artikulation ohnedies leichter verstehen, so wie sich manches Bild mit dem Schließen des Auges noch klarer als sonst erkennen läßt.

Damit befinde ich mich in der Bodenlosigkeit meines Traums, tauche ein in ihn wie in das Gelb des Wüstensands und in das Bunt fröhlich im Wind schwingender Bilder, träume den Schatten hinzu, den ich selber werfe, taste mich vor in die Blendungen meines eigenen Gesichts. Die Luft scheint durchlässig zu sein für Gedanken, wie reines Glas.

Ashraf, sage ich laut, und gebrauche so unbekümmert wie er seine arabische, jetzt auch meine eigene Sprache. Sag, wie kommt es, daß in deinen Bildern die Dinge so eins sind? Erde und Himmel, so als wollten sie immerfort ineinandertauchen, Festes und Luftiges hält sich vermischt. Aus dünnen Pinselhärchen geflossene Zypressen berühren nur flüchtig die Hügel, halten nur kurz darauf Rast. Gräser und Wolken verlagern ihr Gleichgewicht, eines im andern. Und all dem verbindet sich etwas, das nicht zu greifen ist, nicht zu fassen. Sag, was es ist!

Ashraf hält inne, verblüfft. Sein Gesicht erst auf mich, dann vor sich auf die Staffelei gerichtet. Er denkt. Schließt plötzlich seine beiden Hände über dem Bild, so als wolle er es umfassen, nimmt alle zehn Finger seitlich wieder weg, weitet die Arme und dreht die offenen Handflächen mit einem seltsam glucksenden Laut aus seiner Kehle nach oben. Es klingt wie verhaltenes Lachen, aber es ist keins. Und seine Augen verbergen gar nichts von dem Dunkel darin, als er sich plötzlich vornüberneigt, so als verneige er sich vor etwas, vor jemandem. Danach dreht er sein Gesicht wieder herüber, sieht mich an und wartet. Blickt an mir vorbei...

Das war Ashraf. Ich erinnere mich genau, das Licht eines Julitags brannte auf seinen Wangen. Es war nicht seine Landschaft, die er gemalt hat, es war die fremde, in der er war, zugleich auch nicht war. Trotzdem hat er sie einfangen können wie kein anderer.

In dieser viel zu schönen Welt überkam mich Bestürzung, ja beinahe etwas wie Furcht vor einer Erkenntnis, die mir nicht faßbar schien, und die doch über allem hing wie ein gültiger Spruch.

Ich habe nur eines jener Bildchen gekauft, obwohl oder vielleicht eben deshalb, weil sie mir alle gefielen. Weil alles schon in dem einen präsent war und gar nichts darin fehlte. Unsereiner, dachte ich, kommt sich da ziemlich beschränkt vor, will immer aufgrund irgend eines vorgeblichen Wissens Kriterien finden, definieren, das eine vom andern abgrenzen, unterscheiden. Benennt und trennt Farbe von Farbe, Erde von Himmel, Mensch vom Menschen, weil er es nicht anders versteht, fühlt er sich doch weder in dieser noch in jener der Welten zu Hause. Ashraf hat alles zusammen gesehen. Für ihn war alles eins. Und alles schön. Und das ist die Wahrheit.

Vorsichtig nahm ich das kühlende Leinentuch von meinem Fuß und legte es, sorgsam gefaltet, neben der Staffelei nieder. Versuchte zu danken. Bedächtig netzte der Miniaturenmaler ein eben neu aufgelegtes Papier mit klarem Wasser. Während er den Pinsel erneut in das Porzellanschälchen tauchte, verabschiedete er mich mit einem Lächeln.

Erfrischt, gestärkt und, wunderlich, auch geheilt, schlenderte ich hinauf auf den Brückenbogen und besah die auf rohen Decken ausgebreiteten Masken. Sie waren aus geleimtem Papier geformt und wiesen in der Bemalung ähnliche Farbstrukturen auf wie Ashrafs Bilder, übergossen von einem Hauch flüssigen Golds, dessen Farbauftrag ich aber nicht mehr erforschen, noch auch erfragen wollte. Rasch kaufte ich, ohne zu feilschen.

Jetzt noch nehme ich diese Maske manchmal an mich. Es ist nämlich eine, die genau vor mein Gesicht paßt, es im vorgehaltenen Spiegel vergrößert und mittels flammenförmiger, blau und goldrot bemalter Zungen rundum, mit den Farben des Hintergrunds, sowie mit denen des Himmels, vermischt und darin auflöst.

Der Fleck auf der Venus

Ein kühler Lufthauch verscheucht den Morgenschlaf, die Helligkeit über den Dächern blendet, bevor es noch Tag wird. So stehst du auf, und ohne den Morgenmantel über die bloße Haut zu ziehen gehst du zum Fenster und läßt die Jalousien herab, um für eine Weile noch alles da draußen wegzuschließen, die Geräusche, die vielen verwirrenden Äußerungen des Lebens.

Nach zu kurzer Nacht läßt sich der Schlaf nicht gerne verscheuchen, er nistet noch immer in allen Winkeln des Raums. Erst nach und nach finden hellere Streifen Sonnenlichts durch die Ritzen. Beweglich, weil der Frühwind sich noch nicht gelegt hat, lagern sie auf den Lidern, fallen quer über das Bett, parallel. Durch den Wimpernvorhang hindurch taumeln die Blicke nach rechts, nach links und vornüber auf verworrene Blütenmuster einer fremden Tapete, und finden sich nicht zurecht in dem Wust goldgesponnener Fäden auf rötlichem Grund.

Dort drüben die Gläser! Eines steht aufrecht, leer, auf dem Kühlschrank, das andere liegt, in mehrere Teile zerbrochen, auf dem Boden, die ausgelaufene Flüssigkeit ist nur mehr als brauner, klebriger Fleck vorhanden.

Woran denkst du? Siehst du die Ansichtskarte, immer noch unbeschrieben, dort auf dem Teppich? Beweis deines Lebens, wenn sie, von dir adressiert, schon in wenigen Tagen jemand in Händen hält. Vielleicht braucht es einen Beweis, Material, das dich entlasten wird, wenn jemand die ganze Wahrheit einmal erkennen will. Ein kleines glänzendes Stück Papier, das von deinem Leben zeugt, wenig sagt, aber doch nicht zu leugnen ist. Seht her, in dieser so schönen Welt habe ich gelebt.

Jetzt langst du hinüber, bückst dich, um zu sehen, was denn um Himmels Willen jenes bunte Bild darauf zeigt, erinnerst dich, hoffst, daß sich alles zum Guten wende. Doch über all dem lastet das Ungenügen, das dumpfe Bewußtsein der Monotonie dieses Tags so wie jedes anderen.

Wem war diese Ansichtskarte denn zugedacht? Du hast es vergessen. Hast sie gekauft in dem jähen Wunsch, darauf einen jener Gedanken zu kritzeln, die dich so überlaut zur Mitteilung drängen. Dann eine jener Adressen zu schreiben, die dich an Tage erinnern, die du mit Menschen verbracht hast, mit Menschen, die Lisi, Lydia, Luisa oder auch Bruno heißen, Eberhard oder Ruth. Nur, an Eberhard kannst du nicht schreiben. Ausgeschlossen, er hat dir im letzten Brief seine Adresse nicht mitgeteilt, und du weißt nicht warum, und ob er sich überhaupt noch in derselben Stadt, in demselben Land, auf demselben Kontinent aufhält, in dem er vor Jahren...

Aber das ist jetzt egal. Das Glas ist gekippt, bevor du es an deine Lippen geführt hast, dieses nunmehr zerbrochene Glas, das in Scherben hier auf dem Boden liegt, das unter anderen Umständen Eberhards Glas hätte sein können. Nein, du hast nicht getrunken daraus. Hast die schwere, süße, bittere Flüssigkeit nicht getrunken, trotzdem ist es passiert. Eine Lächerlichkeit übrigens, diese Gewohnheit, in Hotelzimmern mit bloß einem einzigen Bett zwei Gläser in einen prall gefüllten

Kühlschrank zu tun. Dann kommt es so, wie es kommen muß. Das überzählige Glas wird in der Hand tatsächlich überzählig. Nicht einzusehen, warum du ein schlechtes Gewissen haben solltest bei diesem Gedanken.

Rücklings läßt du dich fallen. Die Lichtstreifen, von der Jalousie quer über das Weiß der Bettdecke gezeichnet, gleißen auf deinem Körper, sie wärmen und hinterlassen beim Aufstehen das Gefühl, als bleibe etwas zurück, was hier war und was so nicht mehr wiederkehrt. Ein neuer Tag hat begonnen, sein Licht, seine Schatten spürst du voraus.

Aber was willst du! Geht es dir denn nicht gut? Ein Zimmer wie dieses, luftig und hell, Tapeten mit zarten Blüten auf rosenfarbigem Grund, ein gleichfarbiger Vorhang. Ranken, mäanderartig, auf dem plüschenen Teppich, ein funktionierender Kühlschrank, zwei Gläser. Zwei. Ist das denn nicht genug?

Na schön, jetzt ist nur mehr eines der Gläser ganz. Heb wenigstens diese Ansichtskarte vom Boden auf, sie hat dir gefallen, in einem jähen Anfall von Verwirrung hast du sie gestern aus einem Regal gefingert, wo sie unter unzähligen anderen hervorstach. Sie zeigt nicht die Stadt, nicht die Landschaft, und doch weiß jeder, sobald er sie sieht, daß du dich mitten in ihr befindest. Bildwerke haben das so an sich. Noch dazu dieses.

Venus steigt aus der Muschel. Ihr fein gezeichneter Leib hebt sich aus Licht- und Wasserschleiern, die Füße berühren in vorweggenommenem Tanz kaum noch den perlmuttschimmernden Grund. Jetzt bewegen sich ihre Arme, die zarten Fingerspitzen, während ein begonnenes Lächeln auf dem manirierten Gesicht die kaum erwogene Mitteilung schon wieder zurücknimmt. Man weiß ja ohnedies alles. Auch daß der Frühlingswind gar zu offensichtlich in die mähnigen Locken bläst um bloßzulegen, was vielleicht auch verdeckt sein könnte, so oder so.

Die Postkarte, vager Beweis deiner tatsächlichen, ja sogar örtlich belegbaren Existenz, bleibt auf dem Boden. Du hebst sie nicht auf. Eberhard wird sie nicht bekommen, denkst du, und wähnst dich bei ihrem Anblick entblößt wie vor einem imaginären Spiegel, wenn auch einem verzerrten.

Venus. Aug in Aug gegenüber, um dich vor dir selber, wie schon so oft, zu beweisen, diese kleinen, einfachen Gesten zu mimen, schräg die Wange, die Schultern weiß, Fingerspitzen...! Standbein und Spielbein, wechselnd.

Da..., ein langsamer Seitschritt, gleich darauf die zwei Vorwärtsschritte, mit dem linken Fuß zu beginnen. Befahl das nicht so der hochgerühmte Lorenzo, der sich dieses Tänzchen, „*Venus*“ genannt, einst ausgedacht?

Lässiger Hüftschwung. Mit den Hüftschwüngen anderer Bilder oder Statuen kaum zu vergleichen, die sich im Laufe der Zeit dir eingeprägt haben. Weil dich ja immer beim näheren Anschauen der Bilder das Erinnern an dich selber befällt, was du sofort und selbstverständlich verteidigen mußt und auch verteidigst.

Dein langes Haar hebst du auf mit den Händen, löst die fließenden Strähnen, ziehst sie hoch und läßt sie mangels vergleichbarer Pracht ärgerlich wieder fallen. Doch zerrst du das rotstrohige Büschel, das sich so angenehm anfühlt, nochmals, und nun bereits mutiger hoch, aufgewühlt rund um die nächtens entleerte Stirn, bis dich der Schmerz überfällt bei dem imaginären Anblick und ein Frösteln, trotz oder gerade wegen des längst triumphierenden Tags, für den du jetzt deine gestern so lässig abgeworfenen Kleider zusammensuchst und verärgert betrachtest. Sie erscheinen dir jämmerlich, plump und erbärmlich im Vergleich zu dem Windhauch, der die Frau auf dem Foto ziert.

Beginnst du noch immer nicht zu ahnen, warum heute Nacht jenes Glas mit dem Wermut zerbrach? Irgendetwas scheint da vorangegangen zu sein. Hat denn das Kleid dort, von dir als Ummantelung deines Ich nie recht akzeptiert und deshalb verächtlich über die Stuhllehne geworfen, dir alle Erkenntnis verleidet? Du müßtest doch, mit deiner Seele und ihren wechselnden Hüllen so lang schon vertraut, wissen, daß ein Äußeres nicht Ausdruck innerer Welten sein kann, als adäquate Hülle für den Gegenstand deiner Betrachtung eben nicht mehr in Frage kommt. Längst nicht mehr. Gib es doch zu! Und daß sich dein Innerstes auch nicht mehr wiedererkennen will in dem äußeren Bild, das du zeigst, dein Inneres und dein Äußeres stimmen nicht überein.

Etwas klafft auseinander. Und deshalb ist auch das Glas gekippt, aber die süßliche braune Flut hat dich nicht getroffen, nein, vielmehr die makellose Schöne auf jenem Bild. Auch nicht etwa ihr Kleid, das sie ja gar nicht anhat, sondern ihre anscheinend unverletzliche Nacktheit, die sie jedem Vorübergehenden, durchaus wissend, entbirgt.

Dein Kleid hat dich also verärgert. Wie lächerlich. Als läge es nicht an dir, gleich heute ein neues zu besorgen und dieses hier abzutun. Aber es ist nicht das Kleid...

Die Ansichtskarte, auf der die Liebesgöttin prangt, hat von dem Getränk aus dem jählings zerscherbten Glas einen gehörigen Fleck abbekommen, einen häßlichen, klebrigen Fleck. Widerlich, um nicht zu sagen obszön.

Aber alles wird noch viel häßlicher, stellt man sich zu Grußkarten dieser Art die Miene eines möglichen Adressaten vor. Völlig undenkbar bei einer Adressatin mit Namen Lisi, Luisa oder Annemarie. Julias Geschmack verändert sich mit den Jahren, würde selbst Lena voll Mitleid sagen, und sie wüßte es natürlich, wie immer, genau.

Eberhard hast du natürlich gemeint. Hättest womöglich gewünscht, ihm statt jener wohl Millionen Male vervielfältigten Vorstellung eines Leibs eine lebende Version dieses Themas vor Augen zu bringen, wenn auch nur für Sekunden. Weniger sanft vielleicht, auch weniger bläßlich als diese, dafür aber voller Wahrhaftigkeit, und allein deshalb schon unvergleichlich. Jetzt hebst du die Scherben auf, die feinen Splitter, um die Hände eines dir unbekannten Zimmermädchens zu schonen.

Nein, du wirst überhaupt niemandem eine Postkarte schicken. Die mit dem Wermutfleck wirfst du in den Papierkorb. Du brauchst derlei Daseinsbeweise nicht, schon gar nicht den Beweis gegenwärtiger Befindichkeit. Und dir selber bleibt ohnedies alles im Kopf, alles was vorgefallen ist, im Kopf und aufgehoben in ihm, um da im Laufe der Zeit erst zur Frage zu werden und danach sich zu ordnen, sich umzuwandeln in eine neue Gelassenheit. Dies also wird deine

Aufgabe sein: Inhalte deines Bewußtseins zu durchforsten und neu zu formen zu einem dir selber möglichst erträglichen, friedlichen Bild deines Selbst.

Und nun komm aus dem Bad! Nimm heute das weiße Kleid, streif es über, und mit ihm auch jene Distanz und Leere, die du so nötig haben wirst, um alle Möglichkeiten des Tags frei und ungehindert wahrnehmen zu können. Nein, barfuß darfst du nicht gehen, du nimmst die bequemen, Gott sei Dank schon etwas ausgetretenen Sandalen. So ist es gut.

Tief atmest du aus am geöffneten Fenster. Dort drängen schon die Dächer der Stadt dir entgegen. Deshalb drehst du dich flugs um deine eigene Achse, läßt alles Unwesentliche zurück, gehst, und schließt hinter dir diese Tür. Schließt sie ganz.

Am Fuße der Treppe endlich, ganz unten, nur mehr wenige Schritte von den Tapisserien des Morgenzimmers entfernt, wirst du, erschrocken, aber doch maßvoll und völlig gefaßt, den Gruß jenes jungen Kellners erwidern, der dir gestern, hier an derselben Stelle..., von dort, vom Buffet her, so schön gesenkten Blickes entgegentrat.

Und mit zerstreutem Lächeln wirst du ihm die eine Frage beantworten.

Kaffee oder Tee?

Der Zeltpflock

Die Erklärungen des Kunstsachverständigen sind verstummt, die Gesichter der Zuhörer bleiben in sich gekehrt. Störungen vielfältiger Art, Traumata aus den Tiefen, scheinen Gedanken zu wecken, die nicht zu entwirren sind.

Wer jetzt weiterredet, tut es mit zurückgehaltener Stimme, nicht für jedermanns Ohr bestimmt. Nicht für ein Ohr, das fein ist, an diesem Ort vielleicht feiner als sonst, weil ohne besonderen Schutz, so wie Biber ihn haben, wenn sie durch ihre Gewässer ziehen.

Gruppen, die nicht verständig geführt sind, gehen an dem Bild, vor dem sie verblüfft sich verhalten, nicht kommentarlos vorbei. Die Mädchen machen die Brauen rund, kichern vor Ratlosigkeit und riskieren noch einen Blick, bevor sie in andere Räume abgedrängt sind.

Seltsam, flüstert einer seinem Nachbar ins Ohr, während der Angesprochene, unangegenehm berührt, den Freund rasch aus dem Bereich des Schaustückes fortzieht.

Julia tritt zurück, an die Wand gegenüber. Ein Lufthauch, der von irgendwo herkommt, verdrängt die rauschhaft kurze Erhöhung eines Gefühls, das nicht zu benennen ist. Mahnt zur Achtsamkeit.

Jemand lacht leise. Ich hasse... die Frauen... nicht..., skandiert eine Männerstimme. Aber manchmal ziehe ich es vor, ihnen aus dem Weg zu gehen.

Der so formuliert, steht frontal vor dem Bild und preßt plötzlich die Hand vor seinen Mund. Ein Herr neben ihm sagt etwas, das nicht zu verstehen ist. Sein

Lachen kommt lautlos. Dabei verzieht er die Brauen, sein Gesicht gerinnt zur Grimasse. Ein bei beiden gleichzeitig aufkommendes Gelächter verstummt sofort.

Julia empfindet halb unterdrückte Reden als störend, weil sie selbst keine Möglichkeit eigener Äußerung hat. Selbstverständlich hätte auch sie über das, was sie denkt, gesprochen, doch scheint sie heute auf Selbstgespräche verwiesen, der Professor ist nicht da. Noch nicht. Ihre Augen haben schon überall nach ihm gesucht.

Unschlüssig streifen sie das Buch, das sie in Händen hält; eines, das jene Merkwürdigkeit erklären soll, vor der alle stocken. Julia meint, die Legende, die dieses Bild erzählt, genügend zu kennen, um nicht lesen zu müssen. Ihr Daumen bleibt aber doch zwischen die Seiten geklemmt.

Ein Mann und eine Frau sind zu sehen auf dem Bild. Er, eben noch auf dem Boden hingesunken zum Schlaf, scheint äußerst unsanft aus diesem geweckt. Blut im Gesicht! In wilder Panik bäumt er sich auf, kopfüber die nackten Beine, empor geschleudert. Verkrampft. Schmerzverzerrt ein riesiger Mund, aufgebrochen zum Todesschrei.

Die Frau steht über ihm, aufrecht. Von dem Anblick keineswegs unberührt, weiß sie doch ganz genau, was sie tut. Das zeigt der konzentrierte Ausdruck in ihren Augen. Sicher ist, daß diese Tat ihr alle Kraft abverlangt. In ihren Händen hält sie Gegenstände, die den Besucher erschaudern lassen, sobald er begreift.

Hat das auch der Mann zu Füßen der Schönen begriffen? Nur allzu jäh und zu spät! So hoch schägt im Entsetzen sein leichenblasses Gebein, daß der ganze

Leib sich im Todeskampf rücklings umgedreht hat, so als stehe er Kopf...

Ein erhobener Hammer blinkt in der einen Hand der Frau, in der anderen ein Zeltpflock, der wie ein riesiger Nagel aussieht.

Julia wendet sich ab, angewidert. Findet das unerträglich. Trotzdem müssen die Augen noch einmal zurück, die Ungeheuerlichkeit des Geschehens steht nun einmal im Raum.

Was geht hinter der schmalen, hohen Stirn dieser Frau vor, die doch wie alle Frauen ganz andere Gedanken und Taten hervorzubringen imstand ist als kaltblütigen Mord? War es nicht Liebe, die dieses Gesicht als erstes geprägt hat? Kann einer die Spuren tiefen Gefühls nicht immer noch darin erblicken? Zu geben, sich auszugeben, ganz, die Schmerzen der Welt viel lieber zu lindern, statt Schmerz zu bereiten.

Sie, deren Bewegung nichts Hartes, Grobes zu kennen scheint, von Anfang an vom Schicksal bestimmt zu Barmherzigkeit und Liebe..., was ist geschehen? Wieviel an übermächtigem Druck, an Demütigungen, Zorn, mag ihrem Entschluß vorausgegangen sein? Welche Ungeheuerlichkeit hat sie in diese Lage gebracht?

Die ganze Schwere ihres Entschlusses ist in ihr Gesicht geschrieben. Unaussprechlich die Qual, die vorausgewußte Schuld. Denn es ist Mord, was hier geschieht! Genau zu erkennen ist die schlafwandlerische Entschlossenheit zu dieser Tat, die Unumkehrbarkeit dieses Entschlusses. Im weiten Gebausch dieses Kleides, der Ärmel, raumgreifend die Ahnung vorangegangener wie kommender Bewegung. Was aus den Augen der Mörderin bricht, ist dennoch nicht roher, wütender Wille, vielmehr düstere, unausweichliche Konsequenz.

Der Professor hätte längst da sein müssen. Julia vermißt seine Nähe, sie fühlt sich nicht wohl in dem Raum. Nicht, daß sie die dargestellte Legende nicht verstanden hätte, sie hat alles gelesen, was darüber zu lesen ist.

Sie leidet. Spürt den spitzen Zeltpflock im Bild, als läge er in der eigenen Hand, viel zu schwer. Die Qual im Gesicht der Mörderin eingetragen hinter der eigenen Stirn. Das blasse Gesicht im Bild wird zum verzerrten Spiegel ihrer selbst. Unerträglich das Ganze.

Der Mann kann sich nicht wehren, denkt Julia. Die haltlosen Beine schlagen zwar die Luft, doch sie erreichen die Frau nicht. Ein letztes Hinaufstoßen ist es, ins Leere. Er ist besiegt, sie hat ihn getroffen, seine Wut ist jetzt nichts als ein einziger Schrei.

Wie es dazu gekommen ist?

Aus überbeanspruchter Macht. Aus grausamer, kriegerischer Übermacht. Die Schlacht gegen ihr Volk, ein Schlachten.

Dann seine Niederlage. Seine, des Feldherrn Armee, ist dahin. Schließlich die Flucht vor dem Feind, der Heerführer, geschlagen und feig auf der Flucht. Und ausgerechnet ein feindliches Lager war es, in das er sich retten wollte...

Über ihm die einst Unterlegene: Ohnmächtig war sie, sie ist nicht mehr. Nicht aus einer einzigen, erlittenen Gewalttätigkeit, nein, aus tausend Gewalttätigkeiten hat sich ihr starker, niederschmetternder Wille entwickelt...

Der Mann hätte diese Frau nach alledem, was geschehen ist, nicht aufsuchen, sich nicht bei ihr einschleichen sollen. Durch Grausamkeit gegen ihr Volk im Kampf, durch Härte und Überheblichkeit, hat er ihr Mitleid verwirkt. Demütigungen, ihr und ihresgleichen täglich angetan, Schmach, Unterdrückung: das alles hat ihre natürliche Sanftheit verkehrt und verwandelt. Schon zu dem Zeitpunkt, als sie ihn, von ihrem schützenden Zelt aus, herankommen sah...

Julia will den Platz vor dem Bild verlassen, um der mehr oder weniger geglückten Darstellung der vor Jahrtausenden stattgefundenen Tragödie nicht mehr Bedeutung zu geben, als ihr zukommt, sich nicht von ihr verwirren zu lassen, ihr nicht zu verfallen. Elend fühlt sie sich und ist nicht imstand, auch nur einen einzigen Schritt zu tun. Unbegreiflich, warum sie diese Geschichte so erregt. Sie kennt doch längst alles!

Professor?

Nein, sie hat sich getäuscht. Jetzt erschlaffen die Knie. Gefühl, in Ohnmacht zu sinken, auf der Stelle. Jetzt nur an nichts denken, an garnichts.

Aber es ist Mord, was hier geschieht! Julias Hals scheint aufgebläht durch den darin verschlossenen Schrei. Die Hände pressen sich gegen die Kanten des Buchs, schleifen sich wund an ihnen. Sie muß auf den alten Herrn warten, der bald zu ihr reden wird. Reden muß!

Unsinn, denkt sie. Es geht um nichts anderes als um das Werk eines x-beliebigen Malers. Eines wenig bekannten noch dazu, der ja bloß ausgeführt hat, was man ihm auftrug. Und hier das Ergebnis! Nein, nein, kein außergewöhnliches Bild! Fehlt ihm doch jede Leichtigkeit der Hand, das Glück eines wirklich großen Entwurfs, und jegliche Anmut. Naive Darstellung einer altertümlichen Erzählung, weiter nichts.

Soweit Julias Ausflucht, die widerwärtige Assoziationen hinter sich lassen soll, lose Erinnerungsfetzen, die ungefragt vor ihrem Gesicht sich aufblähen, Schmerzpartikel aufwirbeln, trostlos in ihrer Unbewältigbarkeit. Vielleicht helfen die kleinen, schräg gedruckten Zeilen in der Broschüre, die sie noch immer umklammert?

Widersprüche. Unerträgliche Spannung, die stößt Gefühle voran, treibt sie in Engen, bauscht sie auf, vervielfältigt sie. Grenzen lösen sich auf, die der Zeit wie auch der Möglichkeiten in ihr. In Julias Augen stehen Trauer und Schwermut, genau wie im Gesicht jener Frau...

Das aber kann sie nicht gelten lassen, wegen der bereits viel zu gefährlich fortgeschrittenen Verstrickung in einem Netzwerk, das zunehmend eng wird, enger, ja gar nicht mehr zu durchschauen. Was ist es, das ihre Nerven derart auflädt, wo sie doch ohnedies aufgeladen sind mit der alten Spannung? War da nicht eben noch dieses Übermaß an Verständnis und Duldung?

Ich habe Durst, Frau! Gib mir zu trinken!

So hat die Geschichte, von der hier die Rede ist, harmlos begonnen. Trotzdem hat die Züge des Mannes auf dem Bild jetzt Todesnähe entstellt. Überzeugt von seiner Macht über Frauen, hatte er sich entschlossen, bei ihr zu siegen, um sich nach verlorener Feldschlacht aus der Demütigung der eigenen Niederlage zu befreien - durch den Sieg über das Herz eines Feinds.

Nein, einer Feindin! Deshalb hat er die Frau ja auch aufsuchen müssen! Um seine eigene Ohnmacht weiterzugeben an sie, verhängnisvoll.

Ich habe Durst, Frau, gib mir zu trinken!

Jetzt erfüllt sich sein Schicksal. Die Frau hat die ihr zugemutete Schmach in seine verkehrt, als sie dem Quäler den Vorhang ihres Zeltes aufgetan.

Komm herein! sagt bitter die Frau. Du sollst deinen Durst bei mir löschen.

Damit sein Wille, seine Durchsetzungskraft noch einmal, zum letzten Mal, sich gegen sie wende, hat sie ihn eingelassen. Hat ihm den Becher mit Milch gereicht.

Hier. Nimm und trink!

Jetzt ist die Reihe an ihr. Der Zirkel der Macht, der Ohnmacht, der Weg zur Wiedergewinnung von Leben, hat sich weitergedreht...

Ohnmächtig ist diese Frau gewesen. Durch ihn. Jetzt ist er in ihrer Hand.

Spiralenförmig scheint das Gewicht der beiden Figuren nach links gedreht. Immer weiter dreht sich, Gesetz der Schwerkraft, die fürchterliche Spirale, wird sich weiterdrehen, schicksalhaft in dieser Sekunde. Denn der Zeltpflock in der Hand der Frau muß niedersausen im Nu. Sie wird den Pfahl in sein aufwärts geöffnetes Muschelohr pflanzen, das perlmuttfarben ihr von unten entgegensteht.

Macht und Ohnmacht. Und schon dreht sich das Rad.

Julia sucht nach einem brauchbaren Instrument, der die eigenen, in diese Spirale geklinkten Gedanken zurückreißen soll. Denn jählings ist da die Kerbe, in welche die tödliche Zacke paßt und sich eingräbt: Ohnmacht, die wiederum Macht sein will, sein muß. Und Leben. Es fehlt nur die eine Bewegung.

Nicht nur die Furchen, die diese Frau im Gesicht trägt, fühlt Julia auf der eigenen Stirn, auf den Wangen. Als Schmerz lagern sie überall, auf dem Mund, auf den Lidern. Den Arm ins Leere gehoben, kann sie nicht denken, während im Hinterkopf, wo alles schon aussetzt, plötzlich der Konnex entsteht, die erste Kontur einer blitzartig sich erhellenden Figuration ihrer selbst, jetzt schon nicht mehr imstande, den Wahnsinn eines Reflexes abzufangen und auszukreuzen durch Zensur und Verbot.

Entsetzt starrt sie auf die Hand, die doch ihre eigene ist...

Langsam löst sich der Zeltpflock, der an ihren Fingern klebt, vom Handteller ab und schlägt auf dem Boden auf, wo alles voll Blut ist. Plötzlich ist alles voll Blut, und die zertrümmerte Schläfe des Menschen zu ihren Füßen klafft rot auseinander. Ein leuchtendes Rinnsal legt sich um Julias Fuß.

Es ist Eberhards Ohr. Das hat ein silbriges Etwas durchdrungen. Aus Eberhards weit geöffnetem Mund spritzt Blut, eine rote Fontäne.

Hilflos flattern die Finger. Julia sieht an sich herab. Sie ist sich der wahren Tatsache nicht bewußt, daß nämlich alles ganz anders hätte kommen können, daß alles, verhängnisvoll, aber bereits geschehen sei.

Von überall her signalisieren sich Zeichen. Proteste aus hundert Kehlen. Mord! Überall Augen! Julia will schreien, wehklagen, sich verteidigen. Niemand hört zu.

Aber es ist nichts. Es ist gar nichts. Ist sie denn so verwirrt? Zu ihren Füßen glänzt helles, glattes Parkett! Fremde Menschen stehen teilnahmslos in dem Raum, betrachten die Bilder, betrachten ein Bild..., das eine! Und doch scheint keiner das Außergewöhnliche bemerkt zu haben.

Niemand beachtet Julias Verzweiflung, niemand weiß von ihrer Schuld. Niemand nimmt sie ihr ab.

Klebt da nicht tatsächlich Blut an den Fingern? An den scharfen Rändern der Buchseiten hat sie sich geschnitten, der Schnitt ist breit, nicht tief. Aber das Blut...

Haben Sie etwas verloren? fragt hilfsbereit eine fremde Frau, die herbeigeeilt ist, um suchen zu helfen. Sie hält die Erregung, die Bodenhaftung in Julias Augen, für Schmerz um den Verlust eines Schmuckstücks.

Was ist es? will sie teilnehmend wissen. Eine Kette? Ein Ring?

Ein Ring, antwortet Julia ohne nachzudenken. Ihre Stimme wirkt entsetzlich laut in dem stillen Saal. Sie versteht nicht, warum diese Antwort aus ihrem Mund kommt. Absurd. Sie trägt keinen Ring, hat niemals einen getragen.

Danke, stammelt sie müde, nimmt sich zurück. Verlegen. Bitte, bemühen Sie sich nicht! Er ist, er muß mir schon vorher abhanden gekommen sein...

Mit dieser Lüge ist auch die letzte Kraft dahin. Julia ist allein in der gedrängten Atmosphäre der Galerie, in der so viel angehäuft worden ist in der Zeit: Schicksale, Leid und Schuld. Kraft, Schönheit und Schwächen der Menschen. Jahrhunderte hindurch Liebes-, Lebens- und Überlebenskraft! Abgründe der Angst, der Gewalt. Ausgeburten von Schmerzen! Und doch, welche Herrlichkeit!

Bilder. Gesichte und Omen. Wir leben mit ihnen, sind ihnen ausgeliefert. Es gibt kein Entkommen.

Julia erwacht nach einem tödlichen Traum. Das Blut ist gestillt, das Taschentuch leuchtet rot in der Hand. Erklärungen, wie sie von Kunstsachverständigen jetzt ausgehen, will sie nicht hören, empfindet jedoch, was über das Werk jenes Malers gesagt wird, als wohltuende Glättung der Wogen. Dieses Bild werde selten ausgestellt, in wenigen Tagen schon müsse es wieder an seinem Platz im Depot sein...

Der Professor ist nicht da, Landini ist nicht gekommen. Julia beklagt es in Selbstgesprächen, wohl wissend, daß auch dabei seine Anwesenheit nötig wäre. Steht er nicht irgendwo unsichtbar zwischen den Bildern? Ist er einer, der alles bloß von ferne betrachtet, weil er ohnedies alles weiß? Der das Schreckliche zuläßt, um ein Menschenkind zu bestrafen? Ist er vielleicht einer, der das alles irgendwann relativieren wird, durch nichts anderes als durch die Magie seiner Erscheinung..., oder gar durch ein bloßes Wort?

Julia wartet immer noch auf demselben Fleck. Denkt nach, ob Landinis Macht vielleicht doch auf einem Irrtum beruht. Auf falscher Erinnerung. Zum ersten Mal beschleichen sie Zweifel an des Alten leibhaftiger Existenz. Dieser Gedanke muß ertragen werden, er rüttelt sie wach.

Sie wird sich bescheiden, keinen Beweis seiner Gunst verlangen, bloß Gewißheit. Schließlich muß sie ja dankbar sein für sein Schweigen, seine Diskretion.

Also geht sie. Senkt dabei ihren Blick mit dem Gefühl, sich in dem breit andrängenden Menschenstrom verbergen zu müssen, in ihn ein- und unterzutauchen, um nicht erkannt zu werden, rot wie sie ist, vor Scham.

Rutengänge

Es muß unterirdische Bäche geben in dieser Landschaft, verborgene Gerinne, in denen sich auch im heißesten Sommer das Wasser hält. Den meisten Menschen, die hier vorbeiziehen, zeigt sich freilich der Wegrand so trocken, daß sich der feine Staub unter den Grasbüscheln bei geringster Berührung schon aufhebt. Bei mir ist das anders.

Beweise? Die brauche ich nicht. Natürlich mühen sich anderswo Rutengänger, von weiß Gott woher holt man sie. Ich übertreffe sie alle. Auf Schritt und Tritt spüre ich Quellen auf, mit nichts in den Händen als einem Bleistift und diesem kleinen Notizbuch. Darin formen sich bis zum Ende meines Gangs durch die Flur wie von selber die Linien und Zeichen, und bin ich zurück aus den Feldern bevor die Sonne sinkt, ist jeweils ein Blatt beschrieben. Daraus lassen sich Schlüsse ziehen.

Das Wasser findet, so scheint es, seinen Weg geradewegs durch mich hindurch. Manchmal überfällt mich beim ganz gewöhnlichen Gehen die deutliche Vorstellung einer Veränderung, aus den Tiefen herauf ein ganz neues, und, obwohl mir selbst längst bekannt, doch recht absurdes Körpergefühl. Als vager Schmerz von der Mitte eines in gleichmäßigem Geschaukel sich stetig dahinbewegenden Leibs langsam aufwärts steigend, sprudelt es plötzlich wie lebendiges Wasser herauf, den zitternden Filter des erschrockenen Herzens hindurch bis nach oben, und hin zu den schwächeren Stellen, wo nichts mehr es hält. Die hell begrasten Durchlässe meines Gesichts, durch die bei Tag sonst ungehindert das Licht aus- und eingeht, wo Bilder von innen und außen in immer neuen Strukturen sich jählings vertauschen, zucken beim Anprall der von unten her allzu rasch hochquellenden Flut, und schon reißen die Schleusen. In großem Bogen bricht es heraus wie ein lang zurückgehaltener Sturzbach.

Glauben Sie mir: Tief unter der Erde schon beginnt die Bewegung. Von dorther, ich weiß es, kommen die Stöße und schleudern die Wassermassen empor bis an die obersten Ausnehmungen, einem Wildbach ähnlich, der durch Gestein und mancherlei Hindernisse geteilt, in reißenden Strömen fortzieht, so weit, daß sie gischtend und schäumend erst ein paar Körperlängen vor mir schwer bodenwärts stürzen. Geblendet und sprachlos starre ich in das Gefälle, bis es nach ersten Schrecksekunden von selber sich eindämmt und nach einer Weile tieferen Atemholens langsam verebbt, während über dem leuchtend einfallenden Sonnengespinst der große Regenbogen erscheint. Der durchbricht dann in farbigem Glanz die quirligen, glashellen Bäche und splittert sie auf. In hundert glitzernden Sonnenfünkchen zerstiebt dann der Schmerz und taucht das Grau der bewässerten Flächen rundum in ein siebenfarbiges Spektrum.

Nur sehr langsam und mit viel Geduld ordnet sich alles, und eine sanfte Kraft hält es an, bis selbst auf den fernen Wegen und Ackerfurchen das Wasser wieder versiegt.

Dies alles während des Gehens und ohne den Schritt zu verzögern. Sie verlangen Beweise? Die habe ich nicht. Käme aber, und dies könnte ein Zeichen sein, in einem solchen Moment ein Mensch mir entgegen,

Zufall natürlich, aber doch möglich immerhin, so könnte dieser das Ende des wilden Geschleuders um mich her im Licht noch erblicken, wie es glitzernd und schillernd eine Weile sich in der Luft hält, allmählich verfließt und sich, ganz langsam nur, auflöst.

Meist verscheucht diese Erscheinung des anderen Wort. Aber es gibt Gehende unterwegs, die einen gesegneten Blick für meine Verwandlung besitzen, die ihren Gruß oder was immer, so behutsam vor sich hinzusetzen vermögen, daß noch etwas vom Glanz meiner Bilder in ihren Gesichtern erhalten erscheint, wenn auch nur einen Augenblick lang.

Farbenspiele

Im Rücken die Strahlen des sinkenden Spätsommertags, hinab über Stufen, lief Julia bis zu dem Punkt, wo zwischen den hohen, enger werdenden Mauern, ein scharfer Schatten in die quer gelagerte Häuserschlucht einschnitt und den unschlüssigen Blick einmal rechts, einmal links in dunklere Bildtiefen zog. Atemlos schwenkte sie, auf gut Glück, ostwärts ein. In dem fremden Stadtteil war es nicht leicht, eine einmal gewonnene Orientierung zu halten.

Trotz Kompaß und Karte, seit geraumer Zeit eingeschrieben in ihrem Gehirn, hielt sie es nicht für unmöglich, sich zu verirren. Denn neben Erinnerungen an frühere Tage gab es eine Menge an Aufbewahrtem im Gedächtnis, das ablenkte und anderes vergessen ließ.

Feuchtkühle Luft drang unter den Brücken herauf, aus Torbögen, Gewölben. Ein Mäuerchen, das den Kanal verbarg, warf tiefe Schatten. Von hier aus gab es einen Durchblick in zwei Seitengäßchen, beide nur wenig breiter als eine Armspanne, das modrige Grau des Abends griff mit Riesenfingern in sie hinein. Im Hintergrund, wie von unsichtbaren Händen versenkt und vor der Kulisse herausgehoben, führten schwarze Bootskiele ihr theatralisches Ab und Auf in unregelmäßigen Stößen vor. Außer dem rhythmischen Klatschen des Wassers war kein Laut und kein Leben.

Wer sich verliert, so spät noch in solche Gräben hineinsinkt, findet vielleicht nicht zurück, auch weiß er nicht, was ihn erwartet am Ende, ob er nach ein paar Wegminuten noch die Kraft haben wird, umzukehren, oder ob er, schon zu müde in seiner Verzweiflung, vielleicht gar nicht mehr zurückwill; ein seltsames Hin und Her zwischen Sein und Verlorengehen, Vergänglichkeit und Dauer. Deshalb ja auch die verstärkt empfundene Notwendigkeit dieses Aufbruchs, konzentrierter Wahrnehmung, beständiger Aktivität...

Das Seltsame: Es gab keine Menschen in diesen Gassen. Die geschlossenen Fensterläden in den oberen Stockwerken schienen diese Ahnung zu bestätigen. Unten spiegelte totes Glas kaum die Sonne wieder, die, noch eben orangenfarbig, nun alles mit rötlichem Glanz überzog. Die Hausmauer wagte Julia mit bloßer Hand nicht zu berühren, sie erinnerte fatal an giftigen Rost mit ihren rauhen Flächen, Schrunden, Rillen. Dazwischen Grünspan und ölig schillernde Flecken, an anderen Stellen Graugelb, ekellerregend wie eine faulende Frucht. Wo der Verputz sich bröckelig zeigte und kleine und größere Krater freigab, gab es Bruchstellen, die durch die Mauer gingen, nicht zu übersehen.

Julia starrte dies alles an wie ein Bild, das ein Wahnsinniger gemalt hat. Plötzlich erschienen überall breite, grellviolette Schlieren. In den unteren Regionen, zum Boden hin, Weißes, Schimmelbögen mit unregelmäßigen Einschlüssen, feucht und stinkend wie Moder. Das alles fraß sich in ihre schmerzenden Augen, ließ sie nicht los.

Im tiefsten Innern berührt von alldem, wollte Julia weiter, zögerte jedoch, sich von diesem Ort zu trennen, als sich plötzlich über das bucklige Pflaster ein Gleißen ergoß, magmaartig alles bedeckend, aufsteigend am Mauerrand. In diesem Licht, das wie ein letztes sich vor ihr erhob, begann alles rundum, wie von einer Bühnenmaschinerie in Bewegung gesetzt, zu schaukeln, zu schlingern. Es kostete wirklich Mühe, das Gleichgewicht zu halten.

Der Professor hatte seinen möglichen Aufenthalt in dieser Stadt angedeutet, es war lange her. In flüchtiger Erinnerung war der Name eines Palastes geblieben, wenn auch nicht mehr als der Lautklang davon. Der Name der Straße hingegen hing deutlich im Ohr.

In dem Stadtteil, in dem Julia sich befand, gab es keine Portale, und weder die gesuchte Straße noch ein ihr ähnlicher Name oder irgendeine Nummer waren zu finden. Wie weggewischt alles. Nun sah sie zu, wie das schöne Rot, das sich oberhalb des Farbengemischs auf Teilen der Hausfassaden gehalten hatte, sich von den Flächen zurückzog, um einem mysteriösen Grauviolett Platz zu machen, das sich bald überall, auch auf dem eigenen Körper, niederließ, auf dem Kleid, an den Händen und Füßen. Hatte der Professor sie genarrt, ein Spielchen mit ihr getrieben?

Die Lider wurden schwer von den Farben, doch war es nicht Schläfrigkeit, die sie an einem Laternenmast festhielt. Der Traum war da, der durchdrang die Gedanken, verworrene, unscharfe Bilder. Knapp vor den Augen löste sich eine Fassade, zog weg wie eine verschobene Wand bei Szenenwechsel, und durch die schimmelig hellen Flecken trat ein sich verdichtender Schatten, der sich mit anderen, bereits vorhandenen, zu neuen Formen zusammenschob. Um das zu beobachten, mußte sie bleiben, durfte nicht weg von dem magischen Ort.

Figurinen in verwischten Gewändern umtanzten,

umschwebten eine die andere, ohne mehr zu berühren als Enden verwehender Schleier. Das im Westen noch nicht zur Gänze entschwundene Licht verwandelte sie in neue Gestalten und mischte alles Bewegliche zu phantastischen Bildern. Julias Füße tauchten ins Leere, die Konsistenz des Straßenpflasters und die der Luft waren nicht unterscheidbar. Es gab überhaupt keinen Boden unter den Sohlen, auf den zu vertrauen war in dem fließenden Etwas, das nur gehalten schien durch das, was irgendeinmal Gewißheit gewesen. Jetzt überwog die Trauer um ein Geglaubtes, das hier viel schmerzlicher noch entrückt schien als anderswo, noch tiefer entfremdet.

Es dauerte eine Weile, bis sich die Brücke fand, die feste, eisengeschmiedete Haltestange eines Geländers, das durch doppelte Bögen den Händen Stütze bot beim Hinauf- und Hinübergehen.

Der Wasserspiegel täuschte mit Lichtreflexen die ohnehin schwindende Kraft des Gesichts, doch halfen die schnörkeligen Enden des Gitters im Gegenlicht der tastenden Hand und lenkten die Schritte zum anderen Ufer. Hier schienen die Schatten der Häuser noch dunkler, fast schwarz zu sein, so gut wie undurchdringlich.

So hat sich also die Bühne gedreht, die Nacht ist hereingebrochen und nichts bleibt erkennbar als ein fahler Schein neben dem Wasser, ein kreisförmiges Stück Steinboden im Lichtkegel einer Lampe, die irgendwo oben schaukelt. Und die vom Wünschen verwirrten Gedanken treiben sofort darauf zu.

Einige Tische heben sich ab von dem gelblichen Licht. Wenige Linien, wie mit Tusche in ein Bodenloses gezeichnet: ein dünnbeiniger Stuhl mit einer Gestalt darauf, die sich, sehr zart, aus dem Nichts schiebt. Zusammengekauert und reglos sitzt da einer und starrt ins Wasser. In der Stille ist nichts zu hören als das rhythmische Klatschen an die Wände eines steinernen Betts.

Ein Bild, das bei angestrengtem Hinsehen Freude, sofort aber auch lähmende Angst hervorruft. Erinnerung an eine vor Zeiten eingeprägte Szene, in die die Akteurin unfreiwillig hineingerät. Das Theater rundum scheint bekannt...

Julia wartet auf ein Zeichen. Welche Rolle ist ihr in dem Spiel, und ein Spiel ist es ohne Zweifel, zugedacht? Kennt sie den Text?

Nein. Sie fühlt sich überrumpelt, hintergangen, kann nicht eingreifen in das Stück. Sie muß es ablaufen lassen, es hat seinen Anfang genommen, das Ende ist ungewiß. Sie darf nicht einmal schreien, um das kommende Bild nicht zu stören, fürchtet sich vor der Konsequenz.

Der einsame Mann, der im Sitzen einen gebeugten Rücken, einen Kopf mit Hut, darunter ein schmales Profil erkennen läßt, bleibt unbewegt in sich gekehrt, scheint abzuwarten und nicht zu merken, daß er von der Brücke aus beobachtet wird.

Ist er eingeschlafen? Wartet er auf ein Stichwort, vielleicht einen Anruf von außen, damit sich die Mühe seines einsamen Hierseins lohnt? Oder beleuchtet der trübe Schein der Laterne das Profil eines Toten?

Professor! Julia schreit, ihre Stimme ist jedoch nicht zu hören.

Professor Landini!

Julia erschrickt über ihr Unvermögen, sich bemerkbar zu machen, über die Ausweglosigkeit der Situation.

Sie hat den alten Herrn lang nicht gesehen, hat ihn, so will sie sich gerne einreden, zeitweilig sogar vergessen. Trotzdem, die Wunde ist da, sie kann sich nicht schließen. Nur oberflächlich besehen schien sie für kurze Zeit verheilt, nur so lang, bis alles wieder zu schmerzen begann, die unsicher gewordenen Sinne sie forttrieben, um nach Spuren zu suchen. Die führten nirgendwohin.

Am spärlichen Rest einer Erinnerung hängend, ohne konkreten Beweis, ist Julia nie ganz herausgefallen aus ihrer gedachten Welt. Immer noch will ihr Denken sich binden an eine Mitte, die überall sein kann und doch nirgends ist.

Sind es Jahre, Jahrzehnte oder Jahrhunderte her, seit ein Anbinden an ein Ganzes noch möglich schien?

Unbewußt versucht Julia einen ersten Schritt. Zwischen schwarzen Fassaden, türenlosen Gebäuden wirkt der Professor kleiner als er in der Erinnerung je gewesen. Das Gesicht unter dem blassen Hut ist ein wächserner Fleck. Die feingliedrigen Finger ruhen übereinandergelegt auf seinen Knien.

Diese Unmöglichkeit näherzutreten! Diese Ungewißheit, die Angst!

Das Grauen. Die Todesnähe.

Da scheint der verwitterte Kopf sich plötzlich zu heben. Während Julia auf der letzten Stufe des Brükkenbogens verharrt, den linken Fuß in der Schwebe, halb erhoben, intensiviert sich der Lichtschein um die schmale Gestalt, das Gesicht dreht sich herüber. Julia fühlt Augen auf sich gerichtet, unsichtbar. Der Hutrand wirft eine schräge Linie über die fahle Wange und zerteilt ein kaum erkennbares Antlitz in zweierlei Schatten.

Die kantigen Ornamente des Brückengeländers geben nicht nach unter der Last. In das Fleisch des lebendigen Handtellers graben sich Spitzen und Arabesken. In jähem Reflex zuckt Julia zurück und findet sich einen Moment lang im leeren Raum.

Sie ist jetzt bereit, jeden verleugneten Text in sich aufzublättern! Ihn ohne zu zögern herzusagen bis zum gewußten Ende.

Figuren durchtanzen die Bühnennacht. Laden ein, was wichtig erscheint zu tun. Aber es müßte zuerst sein Auftritt sein, denkt Julia hartnäckig, nicht der ihre. Eine Drehbühne müßte ihn zu ihr herüberbringen.

Der Boden bleibt jetzt unbeweglich und dunkel, so wie der alte Mann in der Mitte des Raums. Er spricht nicht. Er kennt die Texte, denkt Julia, aber er schweigt. Meint er, sie solle reden? Es liege an ihr, was geschieht? Will er selber nur Zuschauer bleiben, und sie, Julia, auf eine Bühne befehlen, die sich vielleicht mit ihr zu drehen beginnt, so lang, bis die Erinnerung an ihn sich dem Bewußtsein wieder entzieht? Wiederkommt, immer wieder kommt, sich entzieht?

Dennoch könnte des Alten Präsenz an dem Ort etwas ganz anderes sein als ein Vorwurf. Ist er nicht aufgetaucht nach einer bloßen Regung von ihr?

Sind Sie es, Professor?

Ach, diese Trauer, die Ohnmacht!

Julia wagt ein paar Schritte. Und noch einen. Gleich wird sie stürzen. Auf ein Phantom zulaufen, in ein Nichts oder in eine andere Wirklichkeit.

Jetzt beginnt der Boden unter ihren Füßen sich tatsächlich zu drehen. Sie ist also da, ist angekommen, weiß bloß ihren Text nicht...

Nichts. Es ist nichts. Kein Laut.

Der Name des Stückes ist unbekannt.

*

Julia schämt sich, so wie die meisten Menschen sich schämen, Aufgaben, Herausforderungen, nicht genügt zu haben.

Und was geschah dann? fragt Lisa voll Ungeduld. War er es, oder war er es nicht?

Die Stimme der Freundin ist laut genug, aber schon wieder leise geworden, in Julias Ohr nach und nach ganz verstummt. Das Zuhören, noch viel mehr das Erklären, strengt an. Schrecklich, diese Mattigkeit nach dem wilden Lauf durch die Gassen! Ihr Herz stößt immer noch hart in unregelmäßigen Folgen gegen die Rippen. Der Atem geht schwer.

Erzähl! Lisa ist aufgeregt. Jetzt reicht sie der Erschöpften ein Glas Wasser über den Tisch.

Du hast uns lang warten lassen. Kein Wunder, daß alle in Sorge um dich sind.

Ja, sagt Julia.

Wögerer hat sich zur Ruhe begeben, die anderen sitzen noch in der Bar. Also bitte, nimm einen Schluck, und...

Erst allmählich findet Julia sich zurecht und weiß auch plötzlich, daß nicht alles verloren ist.

Während sie das Erlebte bei sich überdenkt, beleuchten gelbliche Lampen die Gesichter der Menschen, die auf der weiten Piazza vorübergehen. Nebeneinander oder dicht aneinander geschmiegt, so bewegen sie sich vorüber, manchmal einander die Hände haltend. Das ist üblich so, gut und tröstlich in der finsteren Nacht.

Nach und nach verlieren sich diese Schatten, nichts bleibt übrig. Müde, schlaff, gräbt Julia sich in die Polster des Korbfauteuils ein. Hier, auf dem kleinen, begrenzten Vorplatz des Cafés sind die abgeräumten Tische nicht mehr besetzt. Hinter den Fenstern des Lokals erhellt eine einzelne Lampe die Stille eines verlassenen Raums.

Der weite, zu dieser Stunde menschenleere Platz, umfängt die Schweigenden mit amethystenem Licht. Gelb und rund äugt der Mond herab. Vom Wasser her ist das Glucksen anschwappender Wellen zu hören, der Wind trägt einen modrigen Geruch herüber.

Kann es sein, denkt Julia, daß dies alles bloß Reaktionen auf ein Vergessenes sind? Farben, irrlichternd, die ein Trugbild zeigen von etwas, das nicht mehr ist, das nur von Zeit zu Zeit im Bewußtsein erscheint als ein Schmerz?

Traumgespinst einer Sehnsucht, nicht auszuloten.

Theophila, oder: Der verweigerte Blick

Als ihr Stern zu verblassen und Auroras goldener Widerschein aus ihrem Haar zu schwinden begann, wurde Theophila sich der Mängel und Leerräume in ihrem Innern bewußt, und sie kaufte, nun endlich bereit für Entschlüsse und den mutigen Zugriff auf das, was sie Schicksal zu nennen bereit war, eine Flugkarte nach Athen. Des Himmels heitere Bläue und eine besondere Formation der Wolken deutete sie als Zeichen.

Aber gleich nach den ersten Tagen der Mühsal an jenem Ort, nach ungewohnten Klettertouren über heißes Gestein, vom Theater des Dionysos in hitzigem Drängen hinauf und hinüber bis zu der Plattform des Areopag, und später, nach Nippversuchen beim Wein, der sanften Berauschung angesichts der Nackenlinie Orests, des Wirtssohns im Laubgang des Gartens, gab sie uns, zu denen sie unversehens gestoßen war, zu erkennen, daß, was da zu sehen sei, ihr noch nicht alles bedeute, noch nicht alles sein dürfe. Das Wesentliche ihrer Reise müsse noch kommen.

Sie verabschiedete sich bald nach diesem überraschenden Wiedersehen, verließ am Morgen des nächsten Tages früher als nötig ihr Hotel, das zufällig auch das unsere war, und entfernte sich eilig in unbestimmbarer Richtung.

Wie sich herausstellen sollte, war ihr Ziel dasselbe wie meines, das Archäologische Museum. Dies wurde wenig später klar, als ich, ohne ihre Beschaulichkeit zu stören, verborgen hinter schattenspendenden Säulen, an ihr vorüberging. Zwischen Grabmälern, feingliedrigen Bronzen und Marmor wanderte sie unruhig hin und her, ging suchend zwischen Plastiken und Skulpturen durch die begehbaren Räume. Das schwer zu enträtselnde Lächeln des alten Apoll beschäftigte ohne Frage ihren hellwachen Geist. Venus und Amor betrachtete sie genau, den mächtigen Meergott sowie einige Marmorstatuen, Gefäße, Fragmente. Etwas Ungeklärtes, Unerfragbares begab sich hinter ihrer Stirn, schien in ihr zu wachsen. Vermutlich hätte ich aber zu diesem Zeitpunkt doch nicht erfahren können, was es war, darum trennten sich unsere Wege nach flüchtigem Gruß, wir wollten uns später wieder treffen. Irgendetwas würde sie hier überraschen, meinte sie noch, sie fühle es ganz genau.

Beim Souvenirtisch hinter dem Ausgang kaufte sie einer Frau, die dort einen Büchertisch hatte, ohne lange zu überlegen, ein Buch ab, ging ein paar Schritte damit und blieb dann stehen.

Theophila betrachtete das Buch, schlug es mit fahrigen Händen auf. Und da war auch schon das Bild, das marmorne Antlitz: Diadumenos, der Ephebe mit der Schweißbinde um seine Stirn. Ein Mensch - oder war er ein Gott inkognito? - mit anmutig seitwärts geneigtem Haupt, gesenkten Lidern, schwer von der Fülle vergangener Zeit.

Heute noch, nach so vielen Jahren, sehe ich diese Szene wie durch ein Vergrößerungsglas vor mir. Theophila, ihr Erschrecken, als sie das Bild sah.

Umkehren! so schien plötzlich irgend etwas in ihrem Innern zu fordern. Anscheinend war ihr völlig klar, sie mußte in das Museum zurück. Das bestätigte mir später auch die Bücherfrau, die Theophilas ungewöhnliche Reaktion auf ein Foto, genau so wie ich, beobachtet hatte. Und Theophila selbst gab es dann im Gespräch ja auch zu. Rasch mußte sie zurück, um jeden Preis! Warf sich beim Tor dem nach draußen drängelnden Menschenstrom entgegen, strebte mit sicherem Schritt vor die im Spätnachmittagsschimmer allmählich sich leerenden Säle, in denen sie so lange Zeit, anscheinend blind vor Staunen und Schauen, ausgerechnet dieses einen Wunders der Bildkunst nicht hatte teilhaftig werden können.

Welchen Wunders, fragen Sie mich?

Nun, des alten Polyklets Diadumenos! Ich meine jenes hübschen Jünglings wohlgelungene Marmorform, die von den Römern noch vor Verlust des bronzenen Originals, im ersten Jahrhundert vor dem Beginn unserer Zeit, nach allen Regeln geübter Porträtkunst lebensgroß, so gut sie es eben vermochten, dem Kunstwerk nachgebildet worden war.

Was in Theophila damals tatsächlich vorging, ist schwer zu sagen. Sie sah das Foto der steinernen Kopie jener alten Bronzefigur, und sie lief. Sie rannte beinahe den Aufseher um, der mit ausgestrecktem Arm ihrem Ungestüm wehrte. Kein Einlaß mehr, sagte er, nicht jetzt! Es sei zu spät. Geschlossen! Hier! Er deutete auf das Schild.

Freimütig zeigte Theophila ihm, was sie suchte, den ausgestreckten Zeigefinger auf dem geöffneten Buch. Diesen da meine sie! Hier sei er zu sehen. Durch ein völlig unverständliches Mißgeschick habe sie ihn verfehlt. Bitte!

Abrupt blieb der Museumswärter vor ihr stehen. Blickte aus zusammengekniffenen Augen erst auf das Foto, dann von dem Foto zu der gestikulierenden Frau und wieder zurück. Streckte plötzlich - warum nur? - vielleicht einer jähen Eingebung zufolge? seine beiden Hände über das Buch aus. Direkt über dem Kopf des Epheben lagen seine runzeligen Hände, zehn dicke rote Finger nebeneinander.

Nicht hinsehen! rief er heiser. Nicht!

Obwohl, was er in seiner Sprache sagte, von ihr vielleicht nicht zur Gänze verstanden wurde, wußte sie doch, was gemeint war. Fort, Frau! Schnell fort von hier!

Warum? Sie war aufgebracht. Ich werde nicht weggehen, ohne die Statue gesehen zu haben! Schon flatterte ein Geldschein in ihrer Hand. Sie jammerte, bettelte fast.

Blitzschnell klappte der Mann den Buchdeckel über das aufgeschlagene Foto. Wehrte entschlossen den dargebotenen Drachmenschein ab, schüttelte den graulockigen Kopf. Deutete mit aufgerissenen Augen auf seine eigenen Lider, dann auf die Lider der Frau, die da so aufgebracht, völlig außer sich, dastand.

Nicht hinsehen! Nicht...!

Verstört biß Theophila sich auf die Lippen, drehte sich ärgerlich um. Stolperte schließlich, irritiert, der sich zerstreuenden Menge nach, das Buch noch immer in Händen. Und lief.

Wohin? Vor meinem inneren Auge schossen Bilder auf wie in einem Film. Verrückt, dachte ich immer wieder. Verrückt! Ich glaube, sie wird verrückt.

Warum sie schon kurze Zeit später doch wieder vor dem Museum hielt, konnte sie nach eigener Aussage nicht erklären. Sie saß auf der Bank vor dem verschlossenen Tor, als ich ihrer gewahr wurde. Blaß ihr Gesicht, Jahrhunderte weit schien es hinabzusehen im Traum.

Tausend Jahre..., murmelte sie. Und noch einmal tausend. Und mehr, und mehr...

Als sei sie selber ein Stein, so kühl, so fremd saß sie da. Fremd war ihr plötzlich die eigene Haut, der ganze merkwürdige Vorgang, die urplötzlich vor ihrem Blick sich verändernde Welt. Das Laub in den Sträuchern rundum schien zu raunen. Der warme Wind fächelte über sie hin. Der Boden, sagte sie, sei zur Gänze mit giftigem Schierling bedeckt.

Mitten im Häusermeer, nicht weit entfernt, erhebe sich ein Hügel, in halber Höhe ein Haus, so begann sie zu erzählen. Neben dem Weg wehten Gras und Kräuter, im feinen Wind ihr Duft im Goldglanz der untergehenden Sonne. Von irgendwoher seien Flötentöne zu hören. Ein Mädchen trete aus jenem Haus in dünnen, flatternden Kleidern. Schleiern gleich. Sandalen an ihren Füßen, die Brüste aufgebunden mit Bändern, auch das üppige Haar. Dunkle Locken schaukelten über der Stirn. Weit geöffnet glänzten die Augen.

Und Theophila meinte, hinter diesem Gesicht die Stimme eines uralten Mannes zu hören, der warnte: Geh fort, Frau! Warum gehst du nicht? Geh! Wenn der Jüngling vorüberkommen wird, auf den du wartest, dann .. sieh ihn nicht an! Laß die Lider herab, so wie auch er die seinen herablassen wird, deinetwegen. Und plötzlich habe der Alte, den sie schließlich als den

Museumswärter erkannte, sein Gesicht mit den Händen bedeckt...

Und was geschah dann? fragte ich die Freundin verwundert, aber nun doch etwas beunruhigt, als sie mit dieser unglaublichen Geschichte fertig war. Hat jenes Mädchen den jungen Mann nun angesehen oder nicht?

Geistesabwesend starrte Theophila vor sich hin. Es war, als wüßte sie selber nicht, was sie hatte mitteilen wollen. Sie verneinte kurz und heftig, schüttelte aber, plötzlich mutlos und traurig geworden, den Kopf...

Das Foto...! erinnerte ich sie, und wollte ihr damit den Faden wiedergeben, den sie anscheinend verloren hatte. Diadumenos! Der Ephebe...!

Aber sie schwieg.

Eine schlechte Erzählerin ist sie, dachte ich bei mir. Theophila, zerstreut wie sie immer schon war, nun ja!

Mein Scherz war ziemlich unangebracht. Trotzdem konnte ich mir einen Kommentar zu der Geschichte nicht ganz verkneifen.

Was meinst du, Theophila? War er vielleicht ein Gott? Wenn auch nur einer in Menschengestalt?

Ich... weiß nicht..., sagte Theophila leise, und verzog ein wenig die Lippen. Sie lachte nicht, so wie ich es von ihr gewohnt war, über meine Bemerkung, und mir war ihre Stimmung wirklich sehr fremd an diesem Abend, nicht ganz geheuer.

Theophila, bat ich jetzt ernsthaft. Komm! Wir gehen zurück ins Hotel, du schläfst dich aus, und morgen verlassen wir zusammen diese Stadt. Die Hitze tut dir nicht gut.

Sie schwieg, sah mich nicht an. Stand auf und ging.

Ging, sah sich nicht nach mir um. Strebte mit raschen Schritten in Richtung Hymettos davon, und ich verlor sie rasch aus den Augen, weil eine Menschenmenge sich zwischen uns schob, als ich ihr nachlaufen wollte.

Aus ihren Aufzeichnungen, die ich später durchzusehen gezwungen war, ging gar nichts hervor. Tatsache war, daß sie an jenem Abend erst spät in das Hotel zurückkehrte, dem Zimmermädchen auf deren Fragen keine Antwort gab, und das Gift, daß sie aus einem Wasserglas trank, bald gewirkt haben mußte, denn als man sie am nächsten Tag suchte und fand, war sie bereits erkaltet und weiß wie Stein. Ihr Gesicht lag zur Seite gedreht, das Kinn leicht gesenkt, und die halb geschlossenen Lider glichen den Lidern jenes Jünglings auf der Seite des Buches, das aufgeschlagen auf ihrem Schoß lag.

Das schöne Brot

In einem kleinen Laden abseits des lärmenden Touristenstroms erstand ich unter einem luftigen Sonnendach ein schönes, rundes Brot von goldgelber Farbe, obwohl ich nicht hungrig war. Ich hatte mich, noch erregt vom raschen Wechsel der Bilder, der Pracht einer mir fremden Welt, nur in die gelungene Formung vergafft. Glatt und glänzend lag es auf dem Regal zwischen trockenem, mehr oder weniger unansehnlichem Gebäck, ein Kunstwerk, so schien es, wie fast alles, das mich hier in Fülle umgab. Das Glücksgefühl des Augengenusses hatte mich begierig gemacht nach weiteren Höhepunkten, empfänglicher noch als sonst für erlesene Details. Alles in mir strebte nach Fortsetzung jenes Rauschzustands, in dem ich mich befand, nach uneingeschränkter Dauer eines Hochgefühls, das keine Unterbrechung zuließ.

Es war ein Brot, wie ich es noch niemals gesehen hatte. Durch seine Mitte verlief, weise Entscheidung des umsichtigen Bäckers, ein glatter, sauberer Schnitt, vermutlich um eine genauere Teilung zu erleichtern. Eigentlich waren es zwei Brote in einem vereint und so auffallend in ihrer Ebenmäßigkeit, daß alles übrige daneben einem Vergleich nicht standhalten konnte.

Eine lebhafte Frau in dunkler, ländlicher Kleidung, ihr Alter wäre schwer zu schätzen gewesen, mit hellem, etwas über die Stirne gezogenem Kopftuch, die eben noch auf der gegenüberliegenden Straßenseite gebettelt hatte, kam plötzlich mit schnellen Schritten auf mich zu und beobachtete mit aufgerissenen Augen, wie ich das warme, duftende Brot in die Hand nahm und gut gelaunt bezahlte. Ihre geschmeidigen Bewegungen waren mir vorher schon aufgefallen. Als sich jetzt unsere Blicke trafen, sprang sie blitzschnell einen Schritt zurück, so daß sie außerhalb des schützenden Schattens in der prallen Sonne zu stehen kam, sei es, daß sie nicht aufdringlich erscheinen wollte, sei es, daß sie meine Dreistigkeit nicht verstand. Ich merkte ja auch tatsächlich erst in diesem Moment, daß mich ein paar andere, ähnlich gekleidete Frauen links und rechts umstanden und anstarrten, ich hatte sie übersehen im Überschwang. Um meinem Verlangen nach dem Brot stattzugeben, waren sie zur Seite gewichen und verstummt.

Die Frau, die jetzt in der Sonne stand, erschrak, als ich spontan das soeben Gekaufte aus der Tasche, in die ich es gerade hatte schieben wollen, wieder herauszog, es samt dem Papier, in das es notdürftig gewikkelt war, an der dafür vorgesehenen Stelle auseinanderbrach und ihr einen der beiden fast identischen Teile hinüberreichte. Ich freute mich wirklich, etwas derart Vollkommenes schenken zu können.

Überraschenderweise zögerte sie vor dem Nehmen. Meine ausgestreckte Hand hing in der Luft und zuckte wie ein Fisch an der Leine. Ich weiß nicht, wie es geschehen konnte, aber irgendwie schlug meine Hochstimmung um, die Mauern, der Sand und das Goldgelb des Steins schienen mir überlagert von Härten, von irgendwie Kantigem. Die alte Anspannung, dachte ich. Es ist nichts.

Hinter dem braunen Frauengesicht verdüsterte sich der Himmel, ich starrte geradewegs in das Typenwerk einer Schreibmaschine, und die freie Linke, sowie gleich danach auch die rechte Hand, die das Brot hielt, krümmte sich an den obersten Fingergelenken, so als wollten sie automatisch, ohne ausdrückliche Befehle abzuwarten, ihre gewohnte Schreibhaltung über der Tastatur einnehmen, wie immer, wenn nach solchen Brüchen das Schweigen zu jäh und das Reden unmöglich war.

Meine Geschichte, fuhr es mir durch den Kopf, sie muß eine Fortsetzung haben. Ich streiche das letzte Kapitel, nein, gleich zwei, es muß anders beginnen. Der Ansatz ist falsch, ich gebe es zu, und es ist auch ganz klar, warum.

Es war zum Verrücktwerden. Mein Herz hämmerte wild, die Lippen blieben aufeinandergepreßt wie so oft, wenn ich angestrengt schrieb. Etwas ganz Neues entstand, ich mußte es nur zu Ende bringen.

Die Frau gegenüber öffnete ihren Mund und entblößte lachend zwei Zahnreihen, die wie Perlen schimmerten. Ihre Mundwinkel spannten sich in zarten Linien leicht aufwärts. Ich glaube, sie sagte etwas in ihrer Sprache, das ich nicht verstand, aber plötzlich gewahrte ich in ihren Augen einen seltsamen Ausdruck.

Mir wurde übel. Alles um mich herum schien zu vibrieren in der Hitze. Es war derselbe Blick, den ich an mir selber im Spiegel schon öfters beobachtet hatte, wach, abschätzend, nicht ohne Hintergedanken, irgend etwas - was war es denn wirklich - nur mit Mühe hinter den Lidern verbergend, etwas, das jeden Moment als die volle Wahrheit herausplatzen konnte, maßlos, verletzend, präpotent. Es ist das, dachte ich aufs Tiefste verwirrt, was sie entdecken muß in dieser Sekunde. Sie erkennt, stellt in Frage, eine ihr fremde, völlig lächerliche Gebärde, meine ganze Erscheinung, meine Existenz von Grund auf.

Sie hörte nicht auf, mich anzusehen. Ihr Blick ging durch mich hindurch und darüber hinaus, wo nur sie allein, weiß Gott, sonst wohl niemand, etwas zu finden vermochte, kehrte aber dann wieder und wurde, als sie mich derart betroffen sah, sanft. Was sie jetzt sagte, klang weich, freundlich, fast mütterlich, und dann dankte sie mir.

Trotzdem, sie muß noch ziemlich jung gewesen sein. Die Haut ihrer Wangen schimmerte goldfarben, als sie herüber zu mir in den Schatten trat und das Brot nahm. Wie dünn geschliffener Marmor, von innen her leuchtend.

Haus Gemini

Eberhards Rückkehr hat mit einem Schlag einen schützenden Kreis durchbrochen, das dauerhaft Schöne, in all den Jahren zum Angenehmen geworden, berauscht plötzlich nicht mehr. Herausgehoben aus selbstgeschaffener Ordnung, in einer möglichen neuen noch nicht daheim, nimmt Julia eine vor ihren Augen fremd gewordenene Welt wahr, darin sich selber als seltsam unbeholfenen Gast, verdreht, das Innere hilflos nach Außen gekehrt und in stummer Verwirrung. Ein fremder Motor ist es, der sie jetzt vorwärts zieht, während die Seele in gefährlichem Schwingen noch in der Leere hängt zwischen gestern und morgen.

Julias Hände liegen wie betäubt auf dem Lenkrad, die Augen starren geradeaus. Da und dort taucht Verdrängtes in ihr auf, entstellte Reste abgetanen Bewußtseins.

Auf dem Beifahrersitz liegt eine Straßenkarte, abgegriffen, zerfranst. Die Straße, auf der Julia sich bewegt, ist darauf nicht zu finden. Die Landschaft, durch die sie fahren wird, müßte im Gedächtnis jedoch noch vorhanden sein, denkt sie; und tatsächlich werden Einzelheiten von damals wieder wach. Sie wird Berge wiedererkennen, Hügel, wird alles mit Augen betrachten, die vom inneren Schauen verändert sind und dennoch plötzlich blitzblank durch den unerwarteten Klang einer Stimme:

Ich bin da, ich bin gekommen.

Eberhard?

Julia! Weißt du es noch?

Die letzten Siedlungen am Rande der Stadt versinken im Dunst. Die Fahrbahn glänzt auf in silbrig flimmernden Streifen. Betonränder schwenken einmal rechts aus, einmal links. Ferne, undeutliche Zacken erscheinen am Horizont.

Eberhards Mantel liegt zusammengefaltet auf dem Rücksitz. Könnte ja sein, daß es regnerisch wird morgen früh, der Berg, der Weg, das Haus, durchnäßt, die Schlucht und das alles. Es ist September.

Ein Leben zu zweit, daran muß einer sich erst gewöhnen. Jede Vorstellung von Gebundensein an Gewohnheiten, Orte, Zeiten, irritiert, wirkt unwirklich, während alles Gewohnte - wie sie denkt, Dauerhafte - allmählich abhanden zu kommen scheint. Zu lang hat das stete Auf und Ab der Gefühle den ungeduldigen Geist in eigene Welten gelenkt.

Eberhard erlebt seine Rückkehr anders. So gut wie nie physisch in einer heimischen Welt vorhanden, blieb er doch in deren Geheimnisse eingeweiht, so als sei er nie fortgewesen. Geschäfte hier, Freunde dort. Eberhard ist mit tausend Dingen verknüpft, mit den Menschen verbunden. Deshalb hat Julia auch heute früh für ihn diese Zeitung gekauft, die von seltsamen Nachrichten voll ist: Zank und Ärger an allen Enden der Welt. Verbrechen und Ekelhaftes, selbst an den schönsten Orten, auch an jenen, die Julia von Museen her kennt. Tatsachen, daß hier ein Mörder entwischt sein soll, dort ein Dieb ertappt, will sie nicht wichtig nehmen, immer noch widmen sich ihre Gedanken ganz anderen Dingen.

Julia stopft die Zeitung mit darin abgebildeten Köpfen von Schauspielern, Machthabern, Ein- und

Ausbrechern aus Gefängnissen, Taugenichtsen aller Kategorien, in das Fach unter der Windschutzscheibe. Nimmt sich vor, derlei Wirklichkeiten, die, wie es scheint, nun auch Eberhards Wirklichkeiten sein werden, von ihren abzugrenzen.

Zwei Stunden fährt sie ohne Unterbrechung, im Hintergrund ihres Bewußtseins Eberhards Traum, der voranzieht: das Haus. Natürlich wird es nicht ihr, es wird Eberhards Haus sein. Wunschhaus einst, Traumhaus selbst heute noch, nach Jahrzehnten. Julia hat das gewußt, nur der Gedanke daran ist verblaßt mit der Zeit. Kleiner geworden, entfernter, luftiger mit den Jahren, ist es entschwebt wie eine Wolke, um erst wieder aufzutauchen mit Eberhards leibhaftiger Anwesenheit. Schillernd und durchsichtig zieht es jetzt über sie hin, bewegt sich über der Landschaft in gleicher Geschwindigkeit wie sie selber. Trabant, Tagmond, der sie begleitet ohne um Erlaubnis zu fragen, vergleichbar nur mit Eberhard selber.

Von Anfang an war es Eberhards Traum gewesen. Eines Bewegten Traum, irgendwo einmal zur Ruhe zu kommen, wenn auch nur für kurze Zeit.

In weit ausschwingenden Kehren fährt Julia bergauf, hält nach jeder Biegung Ausschau nach Bekanntem, nach dem weißen Geäder der Wasserläufe zwischen Sträuchern und Blattwerk. Dicht umsponnenes Gestein ist dahinter, Schotter und Steilabstürze. Darüber Wald.

Plötzlich scheint die Straße zu ihrem Ende gekommen, wie abgeschnitten vom Himmel. Natürlich ist das nur Täuschung, sie führt in das jenseitige Tal hinüber, direkt ins Dorf, das einmal im Sommer ein gemeinsamer Aufenthalt war, Eberhards Sommer damals, und auch der ihre.

Nur den Bruchteil einer Sekunde zögert sie, überlegt, denkt, daß wohl alles so hat kommen müssen. Sie führt den Wagen an einen von niedrigen Mauern umgebenen Aussichtsplatz heran. Zwölf Jahre sind es her, daß sie mit Eberhard hier gestanden. Zwölf Jahre sind eine lange Zeit.

Julia haßt Bremsgeräusche, das Kreischen der Räder. Wartet, bis die Staubwolke sich gelegt hat. Eberhard wird mit der Eisenbahn kommen, aus anderer Richtung, um mit Quint, einem Freund, der von irgendwoher angereist ist, auf dem Bahnhof zusammenzutreffen. Falls Freund Quint nicht längst auf andere Weise nach hier unterwegs ist. Zu Fuß hat er das halbe Land bereist, warum sollte er in einer Gegend, die ihm so gut bekannt ist, ein Fahrzeug benutzen?

Bis zu beider Ankunft bleibt genug Zeit, um alles im voraus zu überdenken. Eberhards Traum, das Haus, Quint, den Julia noch nicht kennt, aber selbstverständlich willkommen heißen wird um Eberhards willen.

Eberhards Mantel läßt sie auf dem Rücksitz liegen. Es ist warm, Eberhard wird ihn jetzt noch nicht brauchen.

Nur langsam stellt sich ein neues Selbstgefühl ein, ein neues Bild von sich selbst. Zu dritt werden sie das Gelände durchstreifen, *Haus Gemini* suchen und finden. Julia erinnert sich an zwei dicht nebeneinander gebaute Häuser, die von einer hoch gelegenen Wiese südwärts ins Tal schauen, symmetrisch. Zwillingen gleich.

Ein Bild, das verstanden sein will: Eberhard, Freund

Quint und eine Frau, die mit ihnen sein wird, nämlich sie selber. Und wie sie an schönen Abenden manchmal gemeinsam den Weg ins Dorf hinuntergehen würden, müde von ihrem Tag, und selbstverständlich glücklich. Eberhard hat ja alles mit Eifer vorbereitet, er wird hier arbeiten an seinem Werk. Ein Jahr, meint Eberhard, vielleicht sogar zwei.

Dort oben ist es herrlich, Julia! Weißt Du noch?

Wer ist Quint? hat Julia gefragt.

Du erinnerst dich nicht? Erinnerst dich nicht an die phantastischen Ausstellungen, die Quint damals...?

Sie erinnert sich nicht.

Hier, und selbst in Amerika, fast überall auf der Welt?

Ach, weißt du, Eberhard, man merkt sich nicht alles...

Quint malt völlig anders als alle anderen. Diese Farben, die Technik! Ich bin sicher, er wird sich wohlfühlen auf dem Berg, wird sich wohlfühlen bei uns.

Julia hat gestern, während Quint imaginär ihre Reden durchkreuzte, kurz an den Professor gedacht, wie er so vor ihr steht und Quints Kunst erklärt, gelassen, die Hände auf dem Rücken verschränkt. Der Professor hätte wohl ihre Gedanken erraten, die, aufgewacht durch das Erinnern an ihn, andererseits durch Quints über die Maßen gepriesene Kunst, auch zu ganz anderen Abenteuern aufgebrochen wären, als zu diesen.

Sie versagt es sich, weiterzudenken, um die Freude nicht leichtfertig zu trüben. Eberhard zuliebe würde sie alles ertragen, auch den Fremden samt seinen Bildern und Launen.

Und sag nicht *Professor* zu ihm, und sag nicht

Herr, er mag das nicht. Sag einfach Quint! So Eberhards vorbereitende Rede.

Quint ist wirklich ein reizender Mensch! Du wirst ihn mögen. Die rauhe Schale, die er hat, die unbekümmerte Art, was Lebensweise und alles Äußerliche betrifft! Mag sein, dich wird zuweilen sein Whisky stören. Aber Quint ist richtig im Kern.

Wie? Aber ja, Eberhard, ja! Und *Professor* werde ich ihn gewiß nicht nennen, dieser Name ist unaussprechlich und soll es bleiben...

Nein, kein Wort davon zu Eberhard! Kein Wort über Landini! Wie könnte denn etwas Neues entstehen, läge das Alte im Weg. Und Julia gehört nicht zu denen, die, was nun einmal in ihr ist, leichtfertig verrät.

Sie läßt den Autoschlüssel in ihre Jackentasche gleiten, das Handy steckt sie in ein Futteral, das sie am Gurt trägt. Die Autotür fällt ein wenig zu laut ins Schloß.

Unter den Füßen bewegt sich der Schotter. Der Weg bergauf ist nicht gleich zu finden, weil mit der Zeit verwachsen und anders als in der Erinnerung. Nur die Brombeeren sind kugelig schwarzglänzend wie einst. Julia steckt eine reife Beere in den Mund. Sie ist süß und angenehm.

Von einem bestimmten Punkt dieses Weges konnte man damals zum Haus hinauf- und hinüberschauen, trotz der stacheligen Zweige und der schwarzroten Beeren vor dem Gesicht. Jetzt sind die beiden Dächer verdeckt vom Wald, von dichtem Gebüsch. *Haus Gemini* hatten sie es damals genannt.

Steil ist der Weg bergauf, beinahe hörbar das Atmen der Blätter. Goldbraun das Gras, sonnverbrannt. Der Himmel verdeckt vom Laub, das da und dort bereits müd vor sich hingilbt. Im Schatten, wo es feucht ist, riecht die Erde nach Pilzen, nach Melancholie, nach Verfall.

Abbruch. Zerstörung. Deswegen lebt es sich leichter in Städten. Daß alles Lebende an sein Ende kommt, ist in Museen, wo Bilder für Zeit und Ewigkeiten bewahrt sind, weniger schmerzlich. In der Natur, ob einer nun will oder nicht, wird Fügung in die Folge von Leben und Sterben zum Zwang.

Leiser setzt Julia ihre Sohlen auf. Aufbegehren hat hier keinen Sinn. Das sorgsam gehegte Föhrengestämm, das sich neben wildgewachsenem Gebüsch so brav und gezähmt ausnimmt, gibt etwas wie Hoffnung. In Ordnungen wird man sich fügen, so wie rundum alles sich fügt.

Ja Eberhard, ja. Du weißt, wie sehr ich mich freue, hat sie ihm versichert.

Zwischen dem Dickicht leuchtet helles Gestein, unter den Füßen rieselt Sand. Nach der Wegbiegung öffnet sich die ganze Weite des Tals, der sonnenumspülte Hang, über den ein Pfad geradewegs bis zum Haus führt. Am Waldrand, dicht vor den Föhren, lagert in sauberen Stapeln das im letzten Winter geschlägerte Holz. Harzgeruch.

Ob die Kontinuität dieser Dinge den Übergang in ein neues Leben erleichtern wird? Julia nimmt alles auf wie ein Bild, das ein Sachverständiger vor sie hingehängt hat, von dem sie einiges weiß, aber noch nicht alles. Die kreisrunden Schnittstellen der Stapelhölzer liegen dicht nebeneinander, rundherum Gras. Über dem Hang davor, weit verstreut, Herbstzeitlosen in viel zu früher Schwere, sehr blaß, melancholisch. Neben dem

Weg liegt ein flacher Stein, auf dem es sich ausruhen läßt. Hier wird Julia warten, denn nur zusammen mit Eberhard wird sie das Haus betreten.

Die Augen geschlossen, die Hände vor den angezogenen Knien verkreuzt, muß es gelingen, eins zu sein mit sich selbst, aus alt gewordener Seelenhaut auszuschlüpfen und abzustreifen, was so lange gewährt hat. Zwölf Jahre, das weiß auch Eberhard, können manches verändern. Zwölf, eine magische Zahl. Die wird sich heute vollenden.

Julia blickt auf die Uhr. Bald ist es so weit. Oder hat Eberhard sich irgendwo doch ein Auto geliehen? In diesem Fall...

Von den Holzstößen oben am Wiesenrand her ist ein Rascheln zu hören, ein Eichkätzchen oder ein Reh, ein zwischen den Stämmen flatternder Vogel. Im Schatten neben den Hölzern, hörbar, Bewegung. Gleich darauf ist es still.

Ein Tier, das sich dort versteckt hat? Julias Hand, die sich eben an dem rauhen Stein nur geglättet hat, nicht gehäutet, legt sich schützend über die Augen. Aus der Ferne ist wenig erkennbar. Ein Schatten, kein Umriß. Irgendetwas scheint sich dort in der Mulde zu bergen, zwischen Stamm und Stamm, und ist gleich darauf nicht mehr sichtbar.

Nein, die Haut ist nicht abgestreift. Julia reibt die hellen Handflächen aneinander. Alles ist noch intakt, das Fleisch weich und warm, nur der Puls scheint beschleunigt.

Und wieder Bewegung auf dem Holzplatz. Ein Mensch?

Vielleicht Quint!

Sofort springt Julia auf. Quint, Eberhards Freund! Hat Quint, so wie Eberhard gestern vermutet, seinen verrückten Plan also doch wahrgemacht und ist zu Fuß...? War zu erwarten gewesen! Ist ja nicht einer, der sich bequeme Wege sucht.

Quint! ruft Julia vom unteren Teil der Wiese hinauf, als sie den Hang quert. Quint wird sich doch nicht vor ihr verstecken...

Natürlich tut er das nicht. Die Grübelei von vorhin ist plötzlich wie fortgeblasen. Nein, Quint soll nicht meinen, daß sie kleinlich an ihrer eigenen Welt klebt, oder Anstoß nimmt an bloßen Äußerlichkeiten. Geradezu lächerlich! Eberhard hat es ihr ja gesagt, Quint hält nichts von Etikette. Unbekümmert ist er, so drückte Eberhard das aus.

Unbekümmert scheint dieser Mann allerdings zu sein. Da! Dicht neben ihm eine leere Flasche. Ist dieser Seltsame etwa eingeschlafen im Gras? Natürlich, der Whisky! Quints angegrautes Haar wirkt ungepflegt, arg zerzaust.

Quints Aussehen hat mit Quints großer Kunst aber wenig gemein. Julia schämt sich, die Ausstellung dieses berühmten Mannes, trotz vielfacher Ankündigung, damals versäumt zu haben. Warum? War sie verreist gewesen?

Das alles kann nachgeholt werden. Quint wird das eine der Zwillingshäuser bewohnen, das andere, nach demselben Entwurf gebaut, gegengleich, ist für Eberhard gedacht. Sie selbst begnügt sich mit einem Raum unter dem Dach, oberhalb Eberhards Zimmer.

Hallo! Ich bin Julia! ruft sie beim Nähertreten.

Der Mann fährt auf, starrt sie mit weit aufgerissenen Augen an. Sie meint, ein Zucken seiner derben Schultern durch das zerknitterte Hemd hindurch zu erkennen.

Eberhards Freundin, fügt sie erklärend, mit freundlich beschwichtigender Geste hinzu, als er erschrocken zurückweicht, vielleicht, um hinter dem hohen Gras Deckung zu suchen.

Aber bitte, bleiben Sie doch!

Überrascht und zugleich verlegen durch Quints kindlich verwirrten Blick, ist Julia auf der Stelle stehen geblieben. Der Mann schnaubt, murmelt etwas, rollt sich blitzschnell seitwärts ein und zieht, schon wieder liegend, in komischer Abwehr seine Beine an sich.

Verschwinden Sie! faucht er böse. Wo kommen Sie her?

Julia kann nichts anderes tun als lachen. Einen wie ihn hat sie noch nie kennengelernt. Eberhards armer, unbeholfener Künstler-Freund! Eine lang verborgen gewesene Tür zur Welt scheint sich mit diesem Lachen zu öffnen, wenn auch nur einen Spalt breit, aber schon scheint alles ganz wunderbar. Sie wird diese Prüfung bestehen.

Vom Parkplatz dort unten! antwortet sie auf seine Frage und zeigt mit der Hand auf den Weg hinter sich. Natürlich wollte ich über den Wiesenweg hier herauf. Ach, Quint! Genauso hat Eberhard Sie beschrieben. Was er an Ihnen schätzt, weiß ich. Und bin ganz sicher, es wird eine schöne Zeit für uns drei. Oder meinen Sie nicht?

W-a-aas? stottert Quint.

Allzu unsanft hat Julia ihn aus dem Schlaf geweckt. Sie entschuldigt sich. Jetzt ist er verärgert, scheint aber doch endgültig wach zu sein. Sucht nach Worten. Julia hat ihn bestimmt nicht stören wollen...

Dort drüben, hinter den Bäumen, sagt sie, gar nicht weit von hier, ist das Haus. Haben Sie es gesehen?

Mit zusammengekniffenen Augen, mißtrauisch, schaut Quint sie an.

Würden Sie... , räuspert er sich. Würden Sie etwas für mich tun?

Aber natürlich, antwortet sie rasch. Eberhard und ich, wir werden Sie bei Ihrer Arbeit mit allen Kräften unterstützen, Sie sicherlich bei Ihrer Arbeit nie stören...

Wie...?

Quint scheint noch immer nicht im Bilde zu sein, also redet Julia weiter, um ihm die Gewißheit zu geben, daß alles in Ordnung ist. Nicht nur Eberhard zuliebe. Irgendwie hat sie Quint, schon um seiner sichtlichen Schwäche willen, sofort akzeptiert.

Essen werden wir natürlich gemeinsam, wirft sie rasch ein, als sie die Zornesader anschwellen sieht auf seiner Stirn.

Ich meine natürlich nur, wenn Sie Lust dazu haben. Sie werden frei und unbehindert leben in Ihrem Haus. Wir lassen Sie in Frieden, so daß Sie sich ganz Ihren Werken...

Ich habe Durst! stößt Quint böse hervor.

Nicht zu verkennen, daß er seinen Unmut nur unzulänglich verbergen kann. Er deutet auf die leere Flasche neben sich, fährt sich an den Hals, zerrt an dem Hemd, das über und über beschmutzt ist.

Whisky habe ich leider nicht.

Julias Stimme kommt begütigend, sanft. Da drüben weiß sie jedoch eine Quelle...

Möchte der Herr vielleicht einen Schluck Wasser?

Plötzlich ist sie ganz fröhlich und aufgeräumt. Springt blitzschnell herzu, bückt sich, greift sich die Flasche von Quints Seite, bevor er noch etwas erwidern kann. Eigentlich riecht die Flasche ja nicht nach Whisky, sie riecht nach gar nichts. Armer Quint!

Julia läuft schnell den Hang entlang. Seltsam, die letzten zwölf Jahre sind auf einmal wie weggewischt. Waldwärts biegt sie ein, sucht und findet die Quelle im Nu. Wie oft hat sie mit Eberhard daraus getrunken! Und zurück ist sie wie im Flug, die Beine sind jung wie damals.

Haben Sie auch etwas Eßbares dabei...? Die Augen des Mannes, jetzt tief gerötet, scheinen aus ihren Höhlen zu quellen, als er die Flasche absetzt. Erschöpft stellt er sie beiseite. Hat sich hoch aufgestemmt. Grobe, erdbraune Hände kommen zum Vorschein. Das alles sieht aus, als habe Quint sich tagelang nicht gewaschen.

Hier! Julia kramt ein paar Kekse aus ihrer Tasche und reicht sie ihm. Mehr habe ich nicht. Am Abend werden wir aber gemütlich im Dorf unten sitzen, der Wirt dort soll noch der alte sein. Der kocht nicht schlecht.

Julia hat sich schon lang nicht so wohl gefühlt. Ein Panzer scheint von ihr abgefallen. Eberhards Freunde werden ab nun die ihren sein. Um einen wie diesen allerdings wird sie sich kümmern müssen. Es fällt ihr ein, daß sie sich bisher nie um einen Menschen wirklich gekümmert hat. Ein völlig neues Gefühl, überraschend. Sie findet die Rolle, die sie künftighin einnehmen wird, gar nicht so übel. Ihr ist, als hätten schon diese wenigen Minuten, hier mit Quint, einen völlig neuen Sinn in ihr Dasein gebracht.

Nachdenklich wird Julia erst, als sic Eberhards Freund beim Kauen zusieht. Er verschlingt alle Kekse auf einmal, würgt, wischt sich den Schweiß von der Stirn. Fällt gleich wieder seitwärts ins Gras, läßt aber Eberhards Freundin nicht aus den Augen.

Der Beginn eines neuen Lebens, denkt sie und staunt, so als habe sie es eben entdeckt.

Sie schwitzen ja, Sie Ärmster! Sie haben sich überanstrengt. Der Weg war zu weit.

Mich friert, gibt Quint zurück. Gequält.

Haben Sie Fieber?

Kann sein. Geben Sie mir Ihre Jacke. Schnell! Geben Sie schon her!

Jetzt erst zeigt sich, daß er am ganzen Leib zittert. Kein Wunder, im Schatten ist die Erde ja kühl. Sie reicht ihm die Jacke, er zerrt sie um seine Schultern, drückt sich damit noch tiefer ins Grün, dicht ans Holz. Schon ist er von den Stauden rundum beinahe verdeckt.

Nicht wenig verschroben, denkt Julia bei sich, nun doch etwas ratlos. Aber Eberhard hat ihr das alles erklärt. Hoffentlich halten solche Zustände nicht allzu lang an.

Wie in einem Spiegel sieht sie sich plötzlich selber, eine unerwartete Vision. Sieht sich, in gar nicht lächerlicher Gebärde, vor einem altmodischen Herd. In einem Topf brodelt ein Fleischstück, von einem anderen steigt Dampf auf. Sie bückt sich, nimmt aus einem altmodischen Backrohr den Brombeerkuchen, der für die Jause gedacht ist, und verbrennt sich dabei die Finger. Das beendet den Tagtraum.

Männer! Sie lacht. Jahrelang keiner, und nun gleich deren zwei. Einer, der befiehlt, und einer, der sich nicht benehmen kann. Ja.

Ein Jahr, hat Eberhard optimistisch gemeint. Spätestens in anderthalb Jahren soll das gemeinsame Projekt beendet sein. Sie werden arbeiten, alle drei, Quint wird ebenfalls nicht länger hier bleiben wollen. Dennoch! Eineinhalb Jahre ihres Lebens werden es am Ende gewesen sein, vielleicht nicht die schlechtesten...

Merkwürdigerweise macht diese Vorausschau Julias Herz nicht schwer, sondern leicht. Sie kann sich nicht erinnern, jemals leichteren Herzens gewesen zu sein.

Schlafen Sie ruhig ein halbes Stündchen, Quint! Ich gehe hinüber zum Haus, und wenn Sie Lust haben, kommen Sie nach. Eberhard wird bald da sein.

Sofort hört Quints Zittern auf. Er liegt jetzt gehorsam und erwartungsvoll da wie ein Kind. Besser für Eberhards Freund wäre ein Platz an der Sonne, denkt Julia.

Ist ja gut! sagt sie laut. Sie werden sehen, mit Freunden ist alles leichter im Leben. Mögen Sie Brombeerkuchen?

Als keine Antwort kommt und sie merkt, daß er bei diesen Worten den schweißnassen Kopf jäh gegen die Brust drückt, eine Bewegung, die sie als Abwehr, wenn nicht als äußerste Ungeduld deutet, geht sie raschen Schritts von ihm weg.

Es ist nicht kalt. Die tiefstehende Sonne wärmt die Haut auch ohne Jacke. Erleichtert und befreit von etwas, das nicht zu benennen ist, nimmt Julia mit Staunen zur Kenntnis, was menschliche Gesellschaft ihr noch immer bedeutet. Keine Träne wird sie der Freiheit nachweinen. Freund Quint ist jetzt schon dafür der rührendste Beweis.

Der Pfad zum Haus schlängelt sich auf dem Südhang dahin. Die Heidelbeeren fallen ihr ein, die sie dort drüben gefunden, einen ganzen Kübel voll. Und wie schön es gewesen war, diese Last zu zweit ins Tal zu tragen! Das war an dem Tag, an dem Eberhard zum ersten Mal von dem Haus sprach, jenem Doppelhaus auf dem Berg, von da ab *Haus Gemini* genannt. Zwei Häuser, Seite an Seite. Zwillingsbrüder wohnten darin, ein jeder in seinem Eigentum und dennoch einander nahe, zufrieden, vereint.

Wir werden die Häuser mieten, sobald die Alten sie nicht mehr brauchen. Was meinst Du, Julia? Eberhards Augen bei diesem Vorschlag! Sein warmer, umfangender Blick!

Beeren sorgsam in Töpfe verteilend, sieht Julia sich in der alten, hölzernen Küche, sieht sich die Mahlzeit bereiten und freut sich, weil das, was sie tut, Eberhard und Quint in gleicher Weise erfreuen wird. Sie riecht den Duft des Kaffees in der Kanne und hüpft übermütig über einen Stein, um nicht zu stolpern.

Alt und vergraut sind die beiden Häuser, wie damals, mit der Zeit bloß ein wenig verwittert und seltsam geschrumpft. Noch nie ist Julia so nahe an sie herangekommen. Das Gras reicht bis zu den Stufen, die aus waagrechten Föhrenstämmen gelegt sind. Waagrecht sind sie nicht mehr. Trotzdem heben sie die beiden Terrassen aus dem verwilderten Grün heraus, und derart jäh, daß die verrenkt, beinahe hilflos in den Himmel gedrückt erscheinen.

Julia betrachtet die Bauwerke aus nächster Nähe. Verharrt still davor, um Gefühle von damals wieder erwachen zu lassen, Eberhards Wange an ihrer, hautnah.

Vier Fenster gegengleich an jeder Fassade, oben zwei. Gegengleich überhaupt alles, nur die tief herabgezogenen Dächer merkwürdig verzogen. Aber was ist das? Täuschen die Sinne? Klaffen die parallel angeordneten Giebel nicht auseinander? Fast scheint es, als zögen sie sich, in Abwehr, voreinander... zurück...

Dann der Garten. Verwuchert, verwildert. Das alte Obstfeld, das sich auf beiden Seiten bergab zieht, von dürrem Gesträuch durchwachsen. Kirschbäume, knorrig, mit rissiger, schwarz abgesprengter Rinde. Ein Apfelbaum. Leuchten dort nicht rötliche Früchte aus welkem Laub?

Wir werden die Äpfel ernten, überlegt Julia. Nimmt eines der beiden Gebäude ins Visier und steigt die drei Stufen hinauf zur verglasten Veranda. Aus unerklärlichen Gründen hat sie das linke Haus gewählt, dabei mutwillig nach dem rechten schielend. Eberhard hat die *Gemini* Häuser immer schon als ein Ganzes betrachtet. Auch wegen der kunstvoll verzierten Giebel, die, vom Dorf aus gesehen, einander so nahe schienen.

Aus der Entfernung sieht das Auge ja immer anders, denkt Julia, und weiß nicht, warum gerade der Anblick der Dächer sie plötzlich traurig macht. Irgendetwas scheint hier nicht stimmig.

Vom Tal her ist ein Zug zu hören, das rhythmische

Tack-ta-tack seiner Räder. Kommt er erst an, oder rollt er schon wieder fort? Zu sehen ist von hier aus so gut wie nichts. Julia schaut auf die Uhr, berechnet Minuten.

Neben der Haustür, die sie nicht öffnen will, hängt ein Fensterflügel schief in den Angeln, die Scheibe ist zerbrochen. Ein kühler Lufthauch weht von innen heraus, mit ihm der Geruch von morschem Holz und Staub. Was damit Platz greift, verstört, zugleich mit der Angst vor möglichem Eingeschlossensein in Räumen. Die alte Phobie.

Die übrigen Fenster, auch die des Zwillingshauses, sind verschlossen. Die Scheiben wirken verklebt, so als habe lange kein menschliches Wesen hindurchgeblickt. Das dunkle Dahinter bleibt verborgen.

Etwas Kaltes, Unerklärliches, drängt von innen her an das Glas, haftet dem ganzen Haus an, bei längerem Hinsehen sogar beiden Häusern.

Einer anderen Ordnung zugehörig, denkt Julia, das kann sich noch ändern. Der Geruch ist aber da, der wird bleiben. Ein widerwärtiger Geruch. Dazu das Frösteln.

Die Sonne neigt sich dem Wald zu, sie wärmt jetzt nicht mehr. Die Bank an der hölzernen Vorderfront hängt in der Mitte durch, da ist eine Latte zerbrochen. Julia berührt sie und zieht die Hand gleich wieder zurück.

Gerade als sie etwas aus ihren Gedanken wegwischen will, dringt Lärm vom Holzplatz herüber. Geschrei und der durchdringende Pfiff einer Trillerpfeife. Geheul, Gejaule.

Von hier aus kann man wenig erkennen, der Platz ist von Stauden umsäumt. Nur, daß dort eine Meute von Hunden die Stapelhölzer erreicht haben muß, und mehrere Männer hinter ihr herziehen. Die wilde Jagd? Doch schon scheint sie sich in die entgegengesetzte Richtung zu entfernen...

Plötzlich wird Julia klar, daß der Weg von hier aus nicht weitergeht. Sackgasse. Es gibt überhaupt keine Straße hier oben, bloß einen Weg in das Dorf und einen zum Bahnhof. Da, wo sie steht, laufen alle drei Wege zusammen, hier ist ihr Ende.

Aus den Sträuchern taucht plötzlich eine Gestalt in Uniform auf. Einer von den Leuten, die drüben beim Holzplatz lärmen? Der Mann ist atemlos, sehr in Eile.

Hat sie hier oben nicht einen Mann gesehen, der..., und wann? Wie hat der ausgesehen? So? Der Gendarm hält ihr ein Foto hin. Julia versteht nicht. Quint? Sie stottert etwas Unverständliches.

Und wie sie denn selber hierher...? Ach ja? Tatsächlich, mit einem Auto?

Ja, auf dem Parkplatz. Dort Unten. Sie zeigt die Richtung genauso wie vorhin für Quint. Nur ihr Arm hängt jetzt in der Luft.

Der Gendarm macht gleich kehrt und beginnt zu laufen, die anderen da drüben sind sicher längst weg. Julia erschrickt, als mit der Wärme des Blutes aus ihren Wangen etwas aus ihrer Seele weicht.

Aber lacht nicht von einem der drei bewachsenen Wege her schon ein neues Gesicht? Lacht es sie aus?

Eberhard! Sie zuckt zusammen, hat völlig vergessen, daß Eberhard den Weg vom Bahnhof her längst zurückgelegt haben muß. Das hier ist aber nicht Eberhards ruhiger Schritt, und es ist auch nicht Eberhard, der so auf sie zukommt...

Hallo! ruft ein fremder Mensch ihr entgegen. Er springt über die Föhrenstufen herauf zum Haus, nimmt alle auf einmal. Ein braunes, ein gutes, ein gütiges Gesicht! Und eine Hand, die sich Julia entgegenstreckt, groß und fest.

Quint! Kurz verbeugt sich der Mann, schüttelt Julias fühllose Finger. Beschwichtigend, als er ihre aufgerissenen Augen sieht, wiederholt er: Quint ist mein Name! Nur keine Aufregung! Der Halunke, der Ausbrecher, wird bald gefaßt sein.

Die Heiterkeit dieses Menschen scheint Julia unangemessen, sie paßt, findet sie, wirklich nicht hierher. Zum Sterben übel ist ihr. Zum Sterben.

Und Sie sind Julia! Nein, ich irre mich nicht!

Nun versucht der Mann zu erklären. Versteht natürlich, was Eberhards Freundin so sehr erschreckt hat. Aber, dem Himmel sei Dank, jetzt ist ja alles vorüber! Eben hat er, Quint, mit einem der Leute dort drüben gesprochen. Der, den sie suchen, muß noch in der Gegend sein. Wohin denn hätte er auch verschwinden können?

Spontan streckt der Mensch ihr, weil sie so arg verzweifelt ist, nun auch seine zweite Hand hin. Schüttelt sie herzlich. Dann sucht er erstaunt, sichtlich belustigt, mit seinen Augen die Dachfirste der beiden Häuser ab; gleich darauf Julias Augen.

Eigentlich müßte Eberhard längst...

Ja! Mehr kann sie nicht sagen. Wühlt plötzlich, verlegen, in ihrer Tasche. Die Autoschlüssel! Warum sie diesem neuen Quint gegenüber ihre verschenkte Jacke nicht erwähnt, weiß sie selber nicht. Es ist ihr Geheimnis.

Da schneidet ein ungewohnter Signalton an ihrem Gurt alle weiteren Überlegungen ab. Quint hat noch immer Lachfalten um seinen Mund, die vertiefen sich, als Julia verwirrt nach dem Handy greift.

Eberhard? stammelt sie. Es kann ja nur Eberhard sein, der so sein Kommen ankündigt.

Eberhard! ruft sie daher überlaut, das Gerät fest an das Ohr gepreßt.

Vom anderen Ende der Leitung kommt erst nichts, dann eine merkwürdig fremde Stimme. Nicht Eberhards Stimme. Den Tonfall hat sie aber irgendwo schon gehört, sie erinnert sich dieser besonderen Schwingung, es ist lange her. In einem Vortragssaal mit Sonnenstreifen über lichtem Parkett. Unter Glasfenstern bunte Lichträder. Eine Gestalt in Grün...

Wo ist Eberhard? hatte diese Stimme damals gefragt...

Genau diese Frage kommt jetzt aus ihr, lang zurückgehaltener Nachhall, unwirklich, fremd.

Wo ist Eberhard...

Julias eigene Stimme als höhnische Karikatur ihrer selbst. Diese Spannung kann sie nicht ertragen, sie fürchtet, daß etwas in ihr reißt.

Dann wieder die andere Stimme. Ob sie sich nicht erinnern könne, zwei Jahre müßten es her sein, er sei ihr damals in einem Kongresshaus begegnet.

Julia schweigt.

Eberhard war hier..., setzt jetzt der Mensch in verändertem Ton fort. Zögernd. Eberhard war... hier. Weil er die Kinder sehen wollte, wissen Sie. Er hat unsere

Kinder sehen wollen, weil er doch, Sie werden das verstehen..., wenn Sie bedenken, wie sehr Eberhard... sich selber eine Familie... gewünscht hat...

Was reden Sie da! fällt Julia ihm zornig ins Wort. Und an eine Begegnung mit ihm, wie war doch sein Name..., könne sie sich beim besten Willen nicht erinnern.

Aber Eberhard..., was ist geschehen?

Wie leid ihm das alles tue, sagt Livio. Liv. Wie schrecklich und nicht zu fassen! Aber niemand sei schuld. Eberhard habe sich seinen Wagen geliehen. In Eile, um sicher zur rechten Zeit bei ihr, Julia, zu sein. Unweit seines, Livs Hauses, sei es passiert..., aber bitte! Eberhard habe, das wisse er genau, er habe überhaupt nicht..., es sei ja alles so schnell gegangen...

Das Handy, schwer wie Eisen, fällt plötzlich aus Julias Hand, und der Mann, der atemlos neben ihr steht, der behauptet hat Quint zu sein, fängt das Ding mit geschicktem Zugriff auf. Seine Fragen ein Sturzbach. Er hört nicht auf, Fragen zu stellen. Schreit seine Fragen ins Telefon.

Julia sucht nach dem Faden, der ihr entglitten ist, nach dem Gedanken, dessen Verlauf sie verpaßt haben muß, der deshalb auch nicht zu Ende gedacht wird, den zu Ende zu denken jetzt nicht mehr möglich sein wird.

Mit einer ungeschickten Bewegung weicht sie den Gestikulationen des fremden Menschen neben ihr aus, Quint, der den Hörer nun fest in der Hand hält und nicht mehr losläßt. Der plötzlich so viel von Liv wissen will.

Julia will nichts mehr wissen, sie beginnt zu gehen.

Mit sorgfältig kleinen Schritten, Fuß vor Fuß, den Hang hinab. Hört die Stimme hinter sich, die sie zurückrufen will. Dann geht der Fremde hinter ihr her, während er weiter und weiter redet. Julia trippelt bergab, ohne ihn zu beachten.

Ihr Vorrat an Denkkraft ist rascher aufgebraucht als sie weiß. Sie kann diese Situation nicht begreifen. Wirklichkeit ist ein Bereich, der leer ist, den einer erst mit Inhalt füllen muß. Julia, die solche Notwendigkeiten nicht kennt, weil sie immer nur in der eigenen Welt lebt, und nur in der eigenen, denkt, es müsse das Wichtigste sein, jetzt weiterzugehen, um das Gewohnte, das Heile, wiederzugewinnen und zu behalten. Das Bewußtsein von sich selbst.

Der Weg senkt sich in kleinen, sandigen Kehren. Ihr fällt auf, daß sie sich Eberhards Gesicht gar nicht vorstellen kann, es ist einfach weg. Nach all den Jahren scheint nichts von ihm vorhanden, woran sie sich klammern kann, nicht einmal sein Mantel, den jetzt schon ein anderer trägt. Ist Eberhard vielleicht auch, so wie die anderen, bloß Figur in einem Roman, denkbar schlecht konzipiert und nie zu Ende gedacht?

Sie läuft. Gleichmäßig läuft sie dahin, leicht, beinahe unbeschwert. Der Boden ist weich wie Wasser, doch sie fürchtet nicht, einzusinken. Bewußtseinsinhalte, die abrufbar waren, haben sich aufgelöst, das Erinnerbare ist zu einem unübersichtlichen Brei verschmolzen. Von irgendwoher kommt ein Wind auf.

Die Suche nach einer faßbaren Welt wird es nötig machen, weiterzudenken, irgendwann das eigene Ich Schicht um Schicht abzusuchen nach einem Kern, aus dem sich was wahr ist herauslösen muß. Erst dann wird sie wissen, wie und wohin sie geht. Bis dahin hält die Wirklichkeit sich verborgen.

Julia hat nichts gewußt von Eberhards Wünschen, nie hätte sie etwas von Eberhards Wünschen erraten können. Vielleicht hat sie Eberhard überhaupt nicht gekannt, und auch ihr eigenes Dasein ist bloß ein erdachtes, in Träumen erfunden...

Erloschen scheint die Sonne, hinter den Hügeln versunken. Was bleibt, ist ein heller Himmel, durchsichtig, leuchtend wie Edelgestein, das sich über dem Dunkel der Wälder verwandelt. Goldene und rosenfarbige Streifen, ins Graue, ins Violette wechselnd.

Gras, überall Gras, das um die Beine schlägt. Merkwürdigerweise ist dieser Zustand nicht unangenehm, man könnte ewig so weiterlaufen diesen Weg, den Hügel hinab. Julia läuft wie auf Wasser und Luft zugleich. Vergangenes scheucht sie weg, Neues ist noch nicht vorhanden. Nur das Gras ist da, das ihre Haut streift, die sich Stück um Stück abträgt, abtrennt von ihrer Seele. So läuft sie im Nichts einem Nichts hinterher, fühlt sich als Nichts erleichtert, beinahe erlöst...

Der Bahnhof ist von innen beleuchtet, der Bahnhofsvorstand winkt herüber, erstaunt.

Ganz ohne Gepäck?

Er gibt vor, Julia von einem früheren Leben her zu kennen. Fragt nach Eberhard, seltsam. Da plötzlich sieht sie Eberhard wieder, hier ist er ja, Eberhard! Genau genommen sind das jetzt zwei einander gegenübersitzende Männer, ein Schachbrett, schwarz und weiß, zwischen ihnen. Der Bahnhofsvorstand gewinnt.

Ja, ohne Gepäck..., sagt Julia mechanisch und beendet ihren Lauf. Sie ist glücklich, daß sie das sagen kann, es ist das einzige, das sie ganz sicher weiß. Ihr ist, als sei mit dieser Antwort nun ein Teil jenes Rätsels gelöst, das ihr aufgegeben, schrecklich, ein Leben lang.

Auf dem Bahnsteig geht sie auf und ab, das Gehen geschieht von selbst. Ob der verfilzte Knäuel des Vergangenen sich einmal auflösen, abspulen lassen wird zu einem brauchbaren Faden?

Der Mensch, der sich Quint nennt, läuft dicht neben ihr her und redet. Sie hat Mitleid mit ihm, weil er so aufgeregt ist und ihr immer noch anhängt, sinnlos. Sie reißt sich aber nicht von ihm los, auch dann nicht, als das Getöse des einfahrenden Zugs die Wahrnehmung der wachsenden Lichtkegel einen Moment lang blockiert.

In dem düsteren Waggon zieht sie sich in eine abgelegene Ecke zurück. Sie vermißt die Wärme von Eberhards Mantel, die Geborgenheit, die er zu geben imstand war. Sein raschelndes Innenfutter mit dem Geruch von Laub und der eigenen Haut.

Draußen schwebt eine blaudunkle Landschaft vorbei, was die Kälte drinnen noch spürbarer macht. Julia kommt es so vor, als habe sie, von einem Platz wie diesem aus, immer schon eine Welt vorbeiziehen gesehen, die ihre nicht war.

Quint legt, entweder weil er das weiß, oder einfach, weil jetzt nichts zu sagen ist, stumm ein wärmendes Etwas um ihre Schultern. Es ist nicht Julias Jacke, auch nicht Eberhards Mantel, aber seltsamerweise stört der Geruch nicht, nur ganz am Rande nimmt Julia ihn überhaupt wahr. Sie schließt die Augen und gräbt sich tief in ihn ein. Es ist nicht nötig, dafür nach einer Erklärung zu suchen, das alles hat sich längst eingeprägt in ihr, wird nicht in Frage gestellt.

Fremd ist was sie umhüllt, und dennoch vertraut. Ein raschelndes Etwas, das immer schon da ist und wärmt.

Nachwort von Prof. Dr. Paul Wimmer

Ein Roman totaler Perzeption

Das Besondere an diesem Buch ist es, daß es Rosemarie Schulak, die bisher vor allem als eigenständige profilierte Lyrikerin bekannt wurde, mit ihrem ersten Roman auf exemplarische Weise gelungen ist, „Inhalte des Bewußtseins" getrennt von alltäglicher Wirklichkeit zu durchforsten und neu zu formen zu einem Bild des Selbst. Die Erlebniswelt wird gleichsam ins Unendliche geweitet. Nicht das Tatsächliche, so unterstreicht sie selber, wird zum Ereignis, vielmehr das Erleben selbst, seine Wirkung im Wesenskern und die Verankerung in ihm, dem Ungreifbaren.

Das erfahrbar Wirkliche wird nicht gering geschätzt, aber es ist nur der Stramin. Den Ausschlag geben das Bewirkende und die Möglichkeiten. Sie ziehen uns an, nicht die Kette der Tatsachen, nicht die Abläufe. Wissend, daß die Seele Mannigfaltiges in die Einheit des Bewußtseins zusammenziehen kann, daß wir uns selbst erscheinen können und daß uns andere erscheinen können, dringt die Erzählerin in den Kern der Geschehnisse ein, in deren rational nicht faßbare Substanz. Indem reale und überreale Erlebnisse nicht einer Chronologie überantwortet werden, verschieben sich Zeiten und Räume so, daß ein Ornament entsteht, von der Erkenntnis überdacht und gekrönt, daß jeder Punkt zum Mittelpunkt eines Bewegungs- und Denkzentrums werden kann, allverkleidungsfähig und erkenntnisfähig.

Auf den ersten Blick hin könnte man meinen, daß es sich um einen Roman handelt, in dem sich das Kunstwollen und der Kunstsinn der deutschen Romantik mit der Sicht von Marcel Proust verschwistert. Auch an Hermann Kasacks „Stadt hinter dem Strom" mag man denken, an Alfred Döblins giganteskes

Opus „Berge, Meere und Giganten". Bald aber wird man inne, daß Grundriß und Ziel von Rosemarie Schulaks Werk von anderer Art sind.

Die Figuren, die auftreten, sind aus der Tiefe des Ichs zu erklären, das sich in mehrere Iche spaltet. Sprachphantasie und Einbildungskraft halten sich die Waage. Die Welt wird in gewisser Weise - und hier berührt sich Rosemarie Schulaks Weltschau mit Schopenhauer - als Analogie unseres eigenen Ichs aufgefaßt, das heißt gleichzeitig im Sinne eines „Magischen Realismus" wie ihn in der gesamteuropäischen Literatur vor allem Hubert Lampo und Alain-Fournier vertreten. Das Ungeheure des Mensch-Seins, das seltsame Hin und Her zwischen Sein und Verlorengehen wird in oft traumatischen Denkspielen und „Denktorturen" auf der Suche nach der verlorenen Erinnerung zugleich enthüllt und verhüllt.

Vorgestellt werden die Ereignisse in 21 Teilen, die Rosemarie Schulak im Lauf von 25 Jahren verfaßt hat. Jede dieser Erzählungen ist selbständig und abgeschlossen, hat ihre eigene Gebärde. Auch jene, die ein reales Geschehen zum Inhalt haben, kulminieren in einer mystischen Partizipation. Einzelne Geschichten sind bereits früher veröffentlicht worden, andere wurden für diesen Roman gekürzt und bearbeitet. Der Erzählerin glückt es, mit einem verbindenden neuen Teil, „Gespräche", und mittels eines kühnen Zeitsprungs die Geschichten so zusammenzuschließen und zu verschmelzen, daß ein Lebens- und Seelenpanorama entsteht. Die Handlung spielt in Österreich, der Schweiz, in Prag, Venedig, Florenz, Dalmatien, Athen und im Vorderen Orient. Verbunden werden die Handlungsstränge durch eine Ich-Figur, die unverkennbar auch autobiographische Züge trägt.

Die Motive, die berührt werden und die sich dynamisch entfalten, sind Erlebnissphären unserer Zeit und aller Zeiten. Ne-

ben mehrfach determinierte Traumberichte, die oft von Sorgen durchzittert sind, treten scharfbelichtete Reisebilder und realpsychologische aus der Alltagswelt, die mitunter von einer ergötzlichen Ironie gefärbt sind; Betrachtungen über Liebe und die Macht erotischer und vermeinter erotischer Bande, das Lebensgefühl der jungen Generation konventionelle Bindungen abzustreifen, über eine neue Weiblichkeit, aber auch über die Möglichkeit des Schweigens als Reaktion auf Sinnleere sowie der Versuch, verkrustete Strukturen aufzubrechen und Bindungen tödlicher Verstrickung abzustreifen. Das Herbeigesehnte nimmt Gestalt an. Auch die leibhaft gar nicht existenten Figuren bewegen sich durchaus wie irdisch-reale. Eberhard, auf den der Titel als eine der männlichen Zentralfiguren verweist, ist physisch so gut wie nie vorhanden und dennoch immer gegenwärtig, ein genialer Kunstgriff, der auch an Franz Werfel denken läßt, der in sein Drama „Juarez und Maximilian", der Tragödie des schönen, des musischen Menschen, den indianischen Präsidenten nie auftreten läßt, wenn man von der Szene absieht, in der Juarez, ohne auch nur ein Wort zu sprechen, über die Bühne getragen wird.

„Wo ist Eberhard" lautet eine zentrale Frage in Rosemarie Schulaks Roman. Man könnte darauf antworten: im Überall und Nirgendwo. Er ist lange verschollen, bleibt aber nicht nur mit den Menschen seiner Zeit, sondern auch mit den uns mitwissenden Dingen, von denen Novalis gesprochen hat, in Fühlung. Im Extremfall können Dinge im Roman Rosemarie Schulaks sogar „fast die Oberhand gewinnen". Kleider im Schrank beginnen plötzlich zu plappern, „lauter als alles andere", so laut, daß die Erzählerin sich sogar gezwungen fühlt, sie zurück- und zurechtzuweisen. Eberhard selber erlebt seine Rückkehr als sei er nie fortgewesen. Vielleicht darf man sein langjähriges Verschollensein mit aller gebotenen Vorsicht auch als Vor-

stufe zu einem mystischen Tod deuten, der notwendig vor der Bildung eines unteilbaren Ichs steht.

Heimito von Doderer hat einmal unterstrichen, daß seine Welt von der Chemie des Gedächtnisses abhänge. Tatsächlich kann man dies auch von Rosemarie Schulak sagen. Ihre Erinnerungen nehmen aber so wie ihre Träume nie den Platz der Wirklichkeit ein, sie wirken im Gegenteil aus deren Zentren heraus.

Die intensive und wahrhaft schöpferische Phantasie der Erzählerin zieht Möglichkeiten an, verwandelt jedoch nicht alles in Einbildung. Denk- und Gefühlszentren arbeiten ungestört. Indem das Irrationale von der Ratio kontrolliert wird, bleibt das Gleichgewicht erhalten. Das Zauberwort heißt „Objektivieren". Ungeheures wird dadurch gebannt, daß es dargestellt wird, betont Rosemarie Schulak einmal selber.

Besonders deutlich zeigt sich der Synergismus zwischen der Wirklichkeit und dem Imaginären, faßbar Realen und Erträumten, zwischen Ratio und Irratio in den Gesprächen, welche die Ich-Erzählerin mit Professor Landini führt. Er ist kein Porträt, kein Ab-Bild, sondern ein In-Bild mit deutlich metaphysischem Bezug. Aus der Gedächtnisflut der Erzählerin taucht er ektoplastisch auf und bewegt sich im Raum der Wirklichkeit mit einfacher Selbstverständlichkeit, eine Verkörperung der wissenden Liebe, die den Menschen zum Herz-Zentrum führt und damit auf seine Verantwortung der eigenen Existenz gegenüber verweist. Mit Landini hat die Erzählerin eine Verabredung und legt ihm erkenntnistiefe Urteile in den Mund.

Ein Glanzstück ist die Interpretation des Verkündigungsengels von Botticelli, die an die Quellen des Schöpferischen führt und, obwohl sie aus nur wenigen Sätzen besteht, über Kunst mehr aussagt, als so manches Kompendium trockener gelehrter Abhandlungen.